「煽るお前が悪い」
ティエンの口から高柳の口にビールが注ぎ込まれる。

illustration by CHIHARU NARA

龍《りゅう》虎《こ》と冥《めい》府《ふ》の王《おう》

ふゆの仁子
JINKO FUYUNO

イラスト
奈良千春
CHIHARU NARA

Lovers Label

CONTENTS

プロローグ

周囲を灯《とも》していた照明が落とされると同時に、眼前の舞台上に、大きな数字が表示される。

「この数字が十になったら、皆さんで一斉《いっせい》にカウントダウンを始めましょう！」

壇上《だんじょう》の司会者の声で、「おー」と歓声《かんせい》が上がる。

「フェイ、カウントダウンだって。わかる？」

高柳智明《たかやなぎともあき》は、隣に立つティエン・ライに抱《かか》えられた、フェイロン・ライに向かって語りかける。初春になったものの夜は冷える。だから防寒《ぼうかん》のため、ウサギのように少し長い耳飾《みみかざ》りのついた、手触りの良いコートに包まれたフェイロンは、高柳の笑顔につられるようにして「はい」と答える。

普段なら、もう夢の中にいる時間にもかかわらず、目はらんらんとしている。

世界最大規模を誇《ほこ》る横浜中華街《よこはまちゅうかがい》内に設《もう》けられた、あまり広くない春節《しゅんせつ》を祝《いわ》う会場には、同じように「その」瞬間を待つ人々でごった返していた。

「あそこの数字が十になったら、一緒に声を出すんだよ」

高柳が指差す方を見てフェイロンは頷《うなず》く。

「一緒にって、言えるのか?」

「失礼だな、このおじさんは」

「おじ……」

「おじさんでしょうが、フェイロンの」

不本意そうなティエンの表情を眺《なが》め、高柳は肩《かた》を竦《すく》めた。長身ゆえに、ロングのレザーコートがこれ以上ないほど似合う。一方、高柳はつい先ほど購入したばかりのダウンコートに身を包んでいた。お手頃価格にもかかわらず抜群《ばつぐん》の保温性で感動した。

「それは、そうだが……」

フェイロンはティエンの腹違いの弟である、ゲイリーの息子だ。伯父《おじ》であることに間違いはない。だが「おじさん」という呼び方にはティエンでも抵抗があるらしい。高柳はそんな俗人《ぞくじん》っぽい反応を見せるティエンが、なんとも可愛く思えてしまう。

「まあ、僕もフェイから見れば、別の意味で『オジサン』だけどねー」

寒さゆえに赤く染まったムニムニのフェイロンの頬《ほお》に触れると、高柳の言葉の意味を理解したのか「やー」と否定する。

「何が『や』なの?」

「たかやなぎ、たかやなぎ。オジサン、やー」

「え……僕は、オジサンじゃない？」

高柳が懸命《けんめい》に告げようとするフェイロンの言葉を翻訳《ほんやく》すると、フェイロンは満足気に頷いた。

「フェイ……っ！　ありがとう」

高柳は勢いのまま、幼子《おさなご》を抱っこするティエンの腕ごと抱きついた。

「もう、どうしよう。本当にフェイロン、可愛すぎる。ねえ、ティエン。うちの子、天才」

元々大きな目をさらに大きく見開いてティエンに訴《うった》えるが、ティエンはただ眉間《みけん》に皺《しわ》を寄せるだけだった。

「ばかなこと言ってないで前を見ろ。そろそろだ」

高柳は、ティエンからフェイロンを抱いていないほうの手で頭を摑《つか》まれ、前を向かされる。

ティエンの言うとおり、まさに表示された数字が十を示すところだった。

「それでは、皆様、十、九、八……」

その場に集まった大勢の人々が同じように声を上げる。

気温は低く冷たい風が吹《ふ》く中、その瞬間を祝《いわ》おうと集まったこの場所だけは、独特の熱気に包まれていく。

「ナナ、ロク……」

視線を向けると、フェイロンもたどたどしい口調の日本語でカウントダウンをしている。

「五、四……ほら、ティエンも」

素知《そし》らぬ顔をしているティエンの脇腹《わきばら》を肘《ひじ》で突《つつ》き、一緒に声を上げさせる。

「二、一！」

そこで一瞬、すべての照明が消えると同時に、ドンッと地面から突き上げるような音が響《ひび》く。

何かと思った次の瞬間、空に大きな花火が咲《さ》く。

「あ……っ」

そして、派手《はで》な爆竹《ばくちく》音が響《ひび》き、会場が再び明るくなる。

「春節快楽《チュエンジェークァイラ》！」

「新年好《シンニィエンハオ》！」

あちこちから聞こえてくる祝いの言葉に、高柳もティエンとフェイロンに向けて挨拶《あいさつ》をする。

「二人にはこんな言葉がいいかな。辰年大吉大利《ロンニエンダージーダーリ》」

良い辰年《たつどし》になりますように——口角を上げたティエンの頬と、満面《まんめん》の笑みを浮かべたフェイロンの頬に、祝福《しゅくふく》のキスをする。フェイロンから倍返しのキスの雨が降る。

「たかやなぎ、すき」

「僕も大好きだよ、フェイ！」

両手を伸ばして抱っこを求められた高柳は、そのままティエンからフェイロンを受け取る。

中華街
福

成長しているフェイロンこと黎飛龍《ライフェイロン》は、日に日に背も伸び、体重も順調に増えている。言葉は多少遅くとも、こちらの言うことは、ほぼ理解できていて意思の疎通《そつう》は完璧《かんぺき》だ。

そしておそらく、香港《ホンコン》を統《す》べるという黎一族の古《いにしえ》の力のためか、ある意味、特殊《とくしゅ》な能力も発揮《はっき》している。フェイロンの父、黎地龍《ライディーロン》の腹違いの兄であり、高柳の最愛のパートナーでもある黎天龍《ライティエンロン》も、同じ力を有している――有していた、というべきかもしれない。

米国《アメリカ》の大学で過ごしながら、接点は少ないながらも印象的な出会いを果たし、互《たが》いに密《ひそ》かな恋心を抱いていた。

その後、米国の大手流通チェーン、ウェルネスマートの出店にあたり、高柳が香港へ向かったことで、香港の裏社会を統べる『龍《りゅう》』と称される立場にあるティエンと再会を果たしたのだ。

そこに、大学の先輩《せんぱい》であり、ウェルネスマートの重役、ヨシュアこと黒住修介《くろずみしゅうすけ》という存在があることは、とりあえず置いておく。

不思議《ふしぎ》な縁《えん》に導かれた再会後、ドラマみたいな紆余曲折《うよきょくせつ》を経《へ》て、互いへの想いが成就《じょうじゅ》してから、どのぐらいの時を一緒に過ごしているだろうか。

ティエンとの出会い、そして長く働いていたウェルネスを通し、高柳は普通なら縁のない様々な人と出会った。命の危険に晒《さら》される場面にも遭遇《そうぐう》している。

小さなこと、大きなこと、本当に様々な出来事をティエンと一緒に乗り越えるたび、二人の絆《きずな》は強くなり、離れられない関係性に辿《たど》り着いた。

二人はともにウェルネスを退職し、二人で住む家をベトナムに購入した。そして高柳はそこを拠点《きょてん》にしてウェルネスで培《つちか》った人脈《じんみゃく》とコミュニケーション能力を武器に、ありとあらゆる交渉《こうしょう》を生業《なりわい》として生きていくことにした――つもりでいた。

だが、今いるのは、ベトナムから離れた極東、日本。滅多《めった》に里帰りしない日本に、ティエン、さらにはフェイロンとともにいる理由はなぜなのか。

話は、二週間前に遡《さかのぼ》る。

1

「……と、いうわけなんで、日本に行くことにしたから」

髪から滴《したた》り落ちる水滴《すいてき》を気にすることなく、バスローブをだらしなく羽織《はお》っただけの高柳は、まっすぐにキッチンへ向かう。

「何が、したから、だ。……って、おい、智明。まだ濡《ぬ》れてる」

同じくバスローブを羽織っただけのティエンは、己《おのれ》の髪を拭《ぬぐ》っている途中の状態《じょうたい》で、先に脱《だつ》衣所《いじょ》を出ていく高柳の後を慌《あわ》てて追いかける。

「ビールは……シンハーか。今日はバーバーバーな気分だったんだけどな」

高柳は冷蔵庫の中のビール瓶《びん》を手に取って、栓《せん》を抜く。黒目がちな大きな瞳《ひとみ》と、屈託《くったく》のない愛嬌《あいきょう》のある表情のせいか、実際より幼く見られがちだ。しかし口元の黒子《ほくろ》がふとした瞬間に、無意識なあざとい色気を生み出すことがある。

「ティエンも飲む？」

後ろ手に扉《とびら》を閉めたところで、追いついたティエンが、手にしていたタオルを高柳の頭からかぶせた。

「ちょ……」

「おとなしく拭《ふ》かれてろ。赤《あか》ん坊《ぼう》じゃないんだ。酒を楽しむのは髪を乾《かわ》かしてからにしろ」

「えー……」

文句を言いつつも、しばしの間、髪を拭かれるままに任せる。

「えー、じゃない。ったく……ちゃんと床も拭け」

大きなため息をつきながら、ティエンはここに至るまでにたどってきた床を振り返って、さらに大きく息を吐《は》き出した。見事なまでに点々と水滴がバスルームから続いている。

「放っておいても乾くでしょ」

「そういう問題じゃない！　滑《すべ》ったら危ないだろう！」

「……はーい」

かなり不本意なのだろうが、高柳が同意をしたところで、ティエンは高柳の頭を覆《おお》っていたタオルを外《はず》した。羽織っていただけのバスローブの前は完全にはだけ、風呂の熱で上気したままの肌が露《あらわ》になった。

それこそ、無意識に溢《あふ》れ出す、匂《にお》い立つような濃厚《のうこう》な艶《つや》に、ティエンの目が吸《す》い寄せられていく。

「やらしいな、ティエン」

高柳はその様子に気づいて、わざと煽《あお》る言葉を口にして、さらに胸をはだけた。図星をつかれたティエンは眉根《まゆね》を寄せながらも、すぐに口角を上げた。

アジア人特有の細面《ほそおもて》で涼《すず》しげかつ、怜悧《れいり》な目元からは、禁欲的《きんよくてき》な雰囲気《ふんいき》があふれている。

「煽るお前が悪い」

ティエンはビール瓶を握った高柳の手首を乱暴に摑み、己の口元へ引き寄せる。そしてそのままビールを口に含《ふく》むが、不自然な体勢だったせいか、溢れた液体が唇《くちびる》の端《はし》を零《こぼ》れ落ちていく。その滴《しずく》に手を伸ばし、拭った指を高柳は躊躇《ちゅうちょ》なしに己の口に運ぶ。

当然、すべてをティエンが見ていることをわかったうえで、さらに煽るようにねっとりと指先を嘗《な》め回していく。

「もっと飲みたいな」

あえて「何を」とは言わず、ビールから手を放す。ティエンは瓶を自分の口に運び、ビールを含んで、高柳の首の後ろに腕を回した。

重なり合わせた唇を通し、ティエンの口から高柳の口にビールが注《そそ》ぎ込まれる。高柳は薄く目を開いたまま、眼前のティエンの顔を凝視《ぎょうし》しながら、ビールを飲み干《ほ》し喉《のど》を上下させた。

「残り、どうする？」

視線をビールに向けると、ティエンは小さく舌打ちをして、残りを一気に飲んでから高柳に視線を戻す。眼鏡《めがね》がないせいで細めた目が向けられたのは、高柳の右の太腿《ふともも》の内側だった。

白くきめ細かい肌に浮き上がる、紅《あか》い龍。繊細《せんさい》かつ大胆《だいたん》な筆致《ひっち》から、今にもそこから具現化しそうな躍動感《やくどうかん》を覚える姿は、『上海《シャンハイ》の獅子《しし》』と称されるタトゥーアーティストの、レオン・リーこと李徳華《リードーホア》の手によるものだ。

上海最大の金融機関のトップであると同時に、裏の世界も知り尽《つ》くした男は、今、生活の拠点をニューヨークに置く。出会った当初からなぜか高柳を気に入ったらしい。そして、白粉彫《おしろいぼ》りという、体温が上昇したときにだけ皮膚《ひふ》に現れる伝説《でんせつ》と化した方法により、高柳の太腿に龍を刻《きざ》んだのである。

裏社会に生きるティエンと、表世界で生きてきた高柳。これ以上、関係が深くなれば、どれだけティエンが高柳を守ろうとしても、危険に晒してしまいかねない。それゆえティエンは高柳から離れようとした。そんなティエンに、高柳は己の覚悟がどれほどのものなのか、体にティエンを刻むことで証明《しょうめい》したのだ。

レオンとの出会いは偶然《ぐうぜん》の中の必然だったのだろう。その後、ウェルネスの法務部に所属《しょぞく》していた梶谷英令《かじやひではる》という弁護士《べんごし》が、レオンと恋人になることで、高柳との関係はより深いものとなった。

それからも、世界的に名のある人間との繋《つな》がりが生まれている。

ティエンの教育係だった、先生こと劉光良《リュウグォンリョン》は、現代最高の風水師《ふうすいし》と称されているし、仕事で出会った、客家《ハッカ》語という独特の言語を共有する一族の重鎮《じゅうちん》とされる侯《コウ》は、今は劉と一緒にフェイロンの後見人的立場にいる。

今の高柳という人間を培っているのは、目の前にいるティエンとの再会から生まれた絆だ。

高柳と出会う前のティエンは、人生を達観し、何事からも一歩引いていた。殺伐《さつばつ》とした空気を纏《まと》い、投げやりな言動が目立っていた。でも高柳とともに過ごすようになってからは、明らかに雰囲気《ふんいき》が変わった――と、そばにいる高柳が誰よりも実感している。

少しずつ少しずつ、氷が溶《と》けていくように、ティエンの凝《こ》り固まっていた心が柔《やわ》らかくなっていった。高柳の覚悟を知ってなお、どこかで後ろめたさを覚えていたように見えていた。だがそれも、世話になった人達の前で結婚式《けっこんしき》を挙げる頃には、完全に吹《ふ》っ切ったように感じている。

いや、開き直ったというほうが合っているかもしれない。

高柳とティエンでは、これまでの人生がまるで違う。だから様々な点において根本的に価値観が異なっている。しかし、人の死と背中合わせに生きてきた割に、ティエンはかなり常識人だと思っている。一般常識においては、むしろ高柳のほうが非常識だと思われるかもしれない。

（かもしれないじゃなくて、実際、非常識だと先生辺りは思ってそうだよな……）

他人からの目は自覚していても、高柳当人は、何が非常識なのかは自覚していない。

強運のもとに生まれている高柳は、普通の人なら九十九パーセント不可能でも、残りの一パーセントで可能にしてしまう。もちろん、完全に運だけではない。高柳という人間がそれまで努力して積み上げてきた知識や経験も大きく作用している。

努力したからこそ、最後の運を勝ち取れた。何より、高柳の生来の楽観的で前向きな性格によるところも大きい。

高柳を高柳たらしめた家族は、全員似たタイプなのだ。基本、放任主義で、便りがないのは元気な証拠と、高柳が連絡をとらなくても心配しない。それでいて、困ったことがあれば、理由を聞くことなく、救いの手を差し伸べてくれるという、絶対的な信頼感がある。

男性であるティエンと結婚したことも、事後報告のみだ。写真は送っているが式には呼んでいない。キナ臭《くさ》い事態が変わらず今も続いているため、日本の家族は巻き込みたくないという気持ちがある。だがそんな事情を知る由《よし》もない家族は、文句一つ言うことはなく、ただ全力で祝《いわ》ってくれた。

『いつかお祝いさせてね』

高柳の気持ちを慮《おもんぱか》ってくれた言葉に、心底感謝《かんしゃ》している。その『いつか』が訪れるかはまるで想像できないが――。

「……智明」

気づくと、ティエンは高柳の前に膝《ひざ》を突き、龍の描《えが》かれた内腿に唇を寄せていた。

脱《ぬ》ぎかけのバスローブの前をかろうじて結んでいた紐《ひも》は解《ほど》かれ、床の上へ落ちていく。剝《む》き出しになった薄い叢《くさむら》の奥の高柳自身に、腿を撫《な》でていた指先を移動させてくる。

「……っ」

ひやりとした感触に、高柳は小さく息を呑《の》んだ。その反応にティエンがちらりと上目遣《うわめづか》いを向けてくる。細められた目元から漂《ただよ》う、溢れんばかりの色香に、体の芯《しん》が否応なしに刺激される。

数分前まで、ともにシャワーを浴びていた。寝起きだったこともあり、戯《たわむ》れのように互いの体を洗い合っただけで終わらせた。そのとき、微《かす》かに焚《た》きつけられた熾火《おきび》のようなものが、チリチリと再び燃え盛り始めるのを感じる。

(気持ちいい……)

幾度《いくど》抱き合っても、慣れるものでもなければ、飽《あ》きるものでもない。繰り返し抱き合っているからこそ、生まれる快感を求め、繋がりたいと願ってしまう。求めてしまう。

(ティエンも同じだよな)

高柳自身を優しく指先で弄《いじ》りながら、太腿に口づけ、そこをゆっくり吸《す》い上げてくる。唇と舌の両方で甘く刺激し、時折《ときおり》、尖《とが》った歯先を皮膚《ひふ》に突き刺《さ》してくる。生まれるピリッとした痛みが、下肢《かし》への愛撫《あいぶ》の快楽《かいらく》と合わさり、わけのわからない感覚が高柳の全身に広がっていく。

（これ、やば……っ、我慢、できないかも……）

触れられた場所から温《ぬく》もりが広がるのと一緒に、体中がティエンで満たされる。

「ティエン……」

より強い刺激を求め、ティエンの頭に両手を伸ばし、後頭部を引き寄せるように力を込める。

「そう急《せ》くな」

言葉とともに吐き出される熱い吐息が、昂《たかぶ》り始めていた欲望を直接刺激してきた。

「急かしてなんて……あ……っ」

ぶるっと小刻みに震《ふる》えたそこを、ティエンは優しく撫でながら、先端《せんたん》に口づけてくる。

「……っ！」

軽く啄《ついば》まれるのに合わせて、びくりと震える。それを嘲笑《ちょうしょう》するように、またキスをしてくる。同じようなキスが繰り返されるたびに、高柳自身は熱を溜《た》め硬度を増していく。

「ティエン、もう……あ、あっ」

血管が浮き上がり、いやらしく脈打つ昂りを、高柳は止められない。体の中心から抜け落ちそうな力を懸命《けんめい》に堪《こら》え、膝をぶるぶる震わせ、ティエンの頭を抱えるように前めりに体を折《お》った。そうすることで、高柳自身をさらに強く、ティエンの口腔《こうこう》へ押し込むこととなった。

ジュッと音が出るほど激しく吸われた瞬間、溜まっていた欲望を一気に吐《は》き出してしまう。

「……あ、……んんっ！」

腰を震わせながら、迸《ほとばし》らせた欲望を、ティエンは当たり前のように受け止める。崩《くず》れ落ちそうな高柳の腰をしっかり支えるだけでなく、射精《しゃせい》し終えた高柳自身への気遣いも忘れない。丁寧《ていねい》に先端から根元まで吸いつくし、残滓《ざんし》がないように綺麗《きれい》に嘗め取っていく。

「……あ……ん、ふ、ぅ……」

嘗められた場所から溶けてしまいそうな甘い感覚に、知らず声が漏《も》れてしまう。

聞いてくるティエンに、高柳は潤《うる》んだ瞳を向ける。

「まだ足りないか？」

「……うん」

言わなくてもわかっているだろうに、ティエンはこういうとき、必ずと言っていいほど高柳に確認してくるのだ。無理やりティエンが強《し》いたのではなく、高柳が求めたのだと自覚させるように。

「何をしてほしいか、言ってみろ」

ティエンは、膝から崩れ落ちていく高柳の体を支え、両頬を包んできた。

声色《こわいろ》というが、本当に色がついているのであれば、このときのティエンの声はピンク色に違いない。それも淡《あわ》いピンクではなく、濃厚《のうこう》なピンクだ。色気という色気、艶《つや》という艶を表現するのに相応《ふさわ》しいピンク色で、高柳を魅了《みりょう》する。

「君のこれが、ほしい」

高柳を愛撫しながらティエン自身も欲望を溜めていた。硬くなり先端から蜜《みつ》を溢れさせている下肢に手を伸ばすと、そこは大きく脈動《みゃくどう》した。

すぐにでもしゃぶりつきたいような、あさましい欲望が、羞恥《しゅうち》に震《ふる》える理性を捻《ね》じ伏《ふ》せ、足を左右に大きく開かせる。

双丘の間に隠《かく》されていた場所は細かく収縮しながら、そこへ押し当てられる熱を待っていた。

「……ここに」

指を押し当て、自ら襞《ひだ》を開く。艶《なま》めかしい色をしたその場所が、淫《みだ》らにティエンを誘《さそ》う。

「お前は最高にいやらしくて、最高に可愛いな」

ティエンは笑いながら、己の熱を高柳のそこへ押し当ててきた。

「あ……」

狭《せま》い場所を押し開き、内壁を引きずるようにして猛《たけ》ったものが体内へ進んでくる。

「あ、あ、あ……」

堪えようとして堪えきれない嬌声《きょうせい》が、ひっきりなしに唇から零《こぼ》れ落ちる。

痛みは最初だけだ。

目の前が真っ赤になる一方、頭の中が真っ白になるようなその直後、二人の体がそこでひとつに溶け合うような錯覚《さっかく》に陥《おちい》る。

擦《こす》れ合う内壁がグチュグチュと猥雑《わいざつ》な音を生み、濡れたそこがティエンをより奥深くへ導いていく。

「ティエンが……挿《はい》って、くる……」

「ああ、お前の中は気持ちいいな」

ティエンはゆっくりゆっくり、そしてじっくり高柳を味わうように、己を突き進めていく。ねっとり纏《まと》わりついてくる高柳の内壁の熱さに、さすがのティエンの理性も何度も消えそうになった。

ぎりぎりで堪えて、腰の角度を変えていく。

「そ、こ……っ」

硬い先端で腹の内側を突かれ、高柳は甲高《かんだか》い声を上げる。ティエンの口淫で、すでに存分に高められていた高柳は、先走りの蜜《みつ》を溢れさせ、二人が繋がった場所まで濡《ぬ》らしていた。

「堪え性《しょう》がないな……べたべたじゃないか」

濡れた先端を摘《つ》まれた瞬間、「あ」と短い声を上げたと同時に、頂点に達する。

「あああ……っ」

声にならない声と合わせ、高柳自身から蜜が溢れ出す。そこをティエンは乱暴に摘まみ、中途半端な状態で高柳を煽る。

「……ティエン、何を……」

「ここで終わらせるつもりはないからな」

その状態でティエンはさらに突き上げる。

「や、だ……頭、おかしくなるっ」

「気持ち良すぎるんだろう?」

子どもがいやいやをするように、頭を左右に振る高柳の様子に、ティエンは嗜虐心《しぎゃくしん》を刺激される。

どこまで追い立てられるか。どこまで素直になるか。追い詰《つ》め追い上げることで、濃くなる太腿の龍の姿を見ていると、胸が締めつけられる。

愛しくて愛しくてたまらない。

どれだけ突き放しても、どれだけ危険な目に遭《あ》おうとも、何度命を落としそうになっても、高柳は絶対にティエンから離れなかった。それどころか、ティエンが距離を置こうとすれば、かえって距離を詰めてくる。

愚《おろ》かだと思う。同時に、天才だとも思う。

単純で楽観主義で、考えなしの無鉄砲《むてっぽう》さもあるが、思慮深《しりょぶか》さも兼《か》ね備えている。

ティエンのことを、ティエン自身より大切に想ってくれている男は、ただ一人、ティエンを振り回せる存在だ。

香港の闇《やみ》を統べる裏の顔を知っても、血で汚れた顔を知っても、一緒に血に濡れようとする。泥《どろ》を被《かぶ》ればともに泥を被るどころか、その泥を拭《ぬぐ》う術《すべ》を一緒に考えてくれる。

一つの方法が駄目《だめ》でも諦《あきら》めず、次の方法を練《ね》る。何度失敗しても次に挑戦《ちょうせん》する。

へこたれない高柳は、弱そうに見えて誰より強い。自身に力がないことを自覚し、だから他の力を得る。きっと今の高柳の人脈《じんみゃく》は、ティエン以上だろう。

当人は意識していないだろうが、今や高柳の言葉ひとつで、中国国内の裏側の勢力図が変わり兼ねない状況《じょうきょう》にまで近づいている。

もし当人がその事実を知ったらどうするか。知らないうちに手に入れた権力に胡坐《あぐら》をかくか――そこまで思ってティエンは苦笑する。

（こいつに限って、そんなことするわけないな）

「ティエン……何を笑ってるの？」

動きを止めて、ほくそ笑むティエンに、高柳は怪訝《けげん》な視線を向けてくる。

「お前は本当に可愛いな」

ティエンは高柳の腰を高く掲《かか》げ、より己の欲望を深く埋《うず》めた。そして、半開きになった高柳の唇を己の唇で覆《おお》う。

「ん、ん……っ」

貪《むさぼ》るように深く重ねた口腔内で、つけ根から先端まで、小さな突起《とっき》のひとつひとつを探るように味わってから、強く絡《から》め合う。

溢れる唾液《だえき》を互いに飲み合っていると、ティエンの戒《いまし》めから解放され、腹の間で擦れた高柳から、残っていた蜜が溢れる。そこでさらに腰を律動させ、高柳が苦し気に眉根を寄せる。

(愛している……)

ティエンが心の中で紡《つむ》いだ刹那《せつな》、高柳は二度目の頂点に達した。


「横浜?」

ベッドに仰向《あおむ》けの状態で寝転ぶ高柳は、虚《うつ》ろな視線を天井に向けたまま、ティエンの問いに「そう」と返す。

二度のセックスのあと、再びシャワーを浴びて、もう精魂《せいこん》尽き果てていた。パジャマを着させてもらったところで、半分睡魔《すいま》に取り込まれている。

そんなぎりぎりの状態で、高柳は風呂に入る前に、ヨシュアの公私に渡るパートナーである遊佐奈央《ゆさなお》から、メールをもらっていた。

とある日本の商社のアジア担当者が、中国進出の件で、長くウェルネスのアジア担当者として仕事をしてきた高柳のアドバイスを欲しがっているから、会ってくれないか、とのことだった。

詳しい事情は実際に会ってからと省《はぶ》かれていたものの、フリーの交渉人である高柳への仕事の依頼だという。遊佐、先方、高柳のスケジュールの都合から、二週間後の日本での顔合わせが決定した。

おそらく、遊佐自身の依頼ではなく、その背後には当然、ウェルネスというよりヨシュアがいるのは間違いないだろうが、そこはあえて気づかないふりをする。

日本人の両親を持つものの、日本で暮らしたことのない、外見も中身も米国人であり、かつ実に合理主義者で、天才であるヨシュアの考え方は、高柳には結局、最後まで理解できなかった。

ヨシュアはヨシュアなりに高柳を認め、愛情を注いでくれていた「らしい」。だがどれだけ気に入られていても、高柳には理解できなかったのだから、あくまで一方通行に過ぎない。何度となく自分はおろか、ティエンの命まで軽く扱《あつか》われた結果、高柳はヨシュアの元から離れることにした。

ウェルネスにいた間、もう充分、高柳は職務を果たしたし、最後までヨシュアは高柳の怒りの理由がわからなかったらしい。

長い付き合いで、情がないわけではない。だが、一度距離を置き、一個人として接する道を選んだ。直接ヨシュアと接触するのでなければ、ウェルネスとの仕事も厭《いと》わない。それが今の高柳の立場だ。

ヨシュアもわかっているから、遊佐を通して連絡をよこしてきたのだろう。

「遊佐からは日本で打ち合わせをしたいと言われただけで、場所の指定まではなかったんだ。でもまあ、あの商社なら、霞《かすみ》が関《せき》なんだよね」

「だったら、わざわざ横浜に行く必要は……」

「そういうこと言うの。チャイニーズ系アメリカンの君が」

高柳はだるい体に懸命に力を入れて、なんとかティエンに向き直った。体を起き上がらせ携帯電話の画面を覗《のぞ》き込んでいたティエンは、視線を向けることなく高柳の頬を撫でてくる。

先ほどまでの苛烈《かれつ》な様子は消え失せ、触れた掌《てのひら》から伝わるのは優しさと労《いたわ》りだけだ。

前髪を指先でかき上げられ、頭を撫でてもらっていると、小さな子どもか動物になったような気持ちになる。

「俺の素性《すじょう》がなんだ？」

「日本に行くの、今から二週間後」

「……だから？」

「まさかヨシュアのせいで、君のアイデンティティまでアメリカナイズされちゃった？　アジアで過ごしているのに」

ティエンの尖った鼻先につんと高柳が指で触れると、やっと気づいたらしい。

「……春節か」

高柳はティエンの言葉に笑顔で応じる。

「そのタイミングで日本にいるんだから、祝える場所に行ってもいいでしょ？」

横浜中華街――世界最大級の中華街は、横浜市中区山下町にある。

五百平方メートルほどの広さに、五百軒《けん》ほどのレストランや飲食店が所狭《ところせま》しと建ち並ぶ。

盛衰《せいすい》を繰り返しながら、東急線の新しい駅ができたこともあり、最近は国内外から観光客が訪れる一大観光スポットになっている場所らしい。

伝聞に過ぎないのは、高柳自身、もう何年も訪れていないためだ。

だが情報収集は怠《おこた》らない。様々なSNSを駆使《くし》して情報を仕入れ、気になる飲食店はチェック済みだ。

「知ってる？　最近、中華街は占いの店が増えているらしい。香港みたいだよね。あと、焼き小籠包《ショウロンポウ》が少し前に人気で、評判《ひょうばん》の良かった店は、今も行列ができるぐらいなんだって。あとは……」

「食い物ばかりだな」

眠いはずなのに、いつもと変わらない高柳の発言に、ティエンは肩を竦める。

「もちろん、それだけじゃないよ。龍舞《りゅうまい》もあるんだって」

「……へえ」

やっと反応を示す。

龍舞とは、中華圏《ちゅうかけん》で有名な踊《おど》りで、龍が玉を追いかける様子を模《も》したものだ。様々な場所での龍舞を見ているが、中華街のものは映像でしか知らない。

「ちなみに、フェイも連れていくから」

「……は？」

「ゲイリーと先生に頼まれたんだ。来週から春節の間、香港へ戻るまで預かってくれって。当初ベトナムにずっといるつもりだったし、特に用もないから」

次代の『香港の龍』、かつ黄龍と言われるフェイロンは、かつてのティエン以上に危ない立場にあるらしい。父親のゲイリーだけでは護《まも》り切れないため、今は基本的にシンガポールの侯の守護《しゅご》のもと、一度は黎家に翻意《ほんい》した先生を呼び戻してもいる。

その侯と先生からの依頼だ。あの二人がフェイロンを預けるのだから、今はさほど危ない状況にないのだろう。だから一緒に日本へ連れていくつもりだということも、昨日の段階で伝えて了承《りょうしょう》を得ている。

「お前が打ち合わせている間、俺に面倒を見ろっていうことか」

「ホテルのロビーでの打ち合わせにしてもらう予定だから、部屋で待っててくれればいいよ。フェイロンも赤ちゃんじゃないから、前ほど手はかからないし」

「お前の前でならな」

ティエンは苦虫を噛《か》み潰《つぶ》したような表情を見せる。

「中華街、楽しみだなあ」

散々、中華圏で中華料理を食べていても、横浜中華街を楽しみにしながら、高柳は夢の中の住人となった。

2

「たかやなぎ！」

羽田空港で高柳を見つけた瞬間、フェイロンは今にも飛んできそうな勢いで手足をばたつかせた。

午後二時、羽田空港到着口にいた高柳は、フェイロンの姿を見つけ、喜びから軽く飛び上がった。

「ティエン、見て。あのフード付きの紺色《こんいろ》のマント、フェイ、めちゃくちゃ似合ってる」

まだ少し遠くのフェイロンを見て、興奮気味《こうふんぎみ》に高柳は感想を述べる。

だが、高柳が興奮していると、フェイロンも煽られてしまう。だから一旦《いったん》、深呼吸《しんこきゅう》をして、落ち着くようにジェスチャーで伝えると、フェイロンは仕方なさそうに他の乗客とともに、おとなしく歩いて高柳の前までやってきた。

「フェイロン！」

そして、高柳が両手を左右に大きく開くと、まっすぐにそこに飛び込んでくる。

「たかやなぎー」

　高柳はティエンの幼い頃の姿を知らない。だがフェイロンを見ていると、きっとこんな感じだったのだろうと想像ができる。ティエンはティエン、フェイロンはフェイロンとわかっているが、二人の姿を重ねても許されるだろうと思ってしまうほど、フェイロンは父親であるゲイリーよりティエンに似ていると思う。

　生まれた直後は、高柳が勝手に思い込んでいるだけかもしれないと思っていた。だが成長すればするほどに、ティエンの顔を思い浮かべるようになってきた。

　もしかしたら、ティエンの遺伝子《いでんし》を使ったのではないかと想像してしまい、実際、ティエンにも確認したぐらいだ。当人によって否定されているものの、『香港の龍』の血が為《な》せるものなのかもしれない。

　高柳の戸惑《とまど》いとは別に、フェイロンはまっすぐな思いを高柳に向けてくれている。それこそ生まれた直後、目も見えていないだろう頃から、高柳がそばに来ると笑ったのだ。

　必死に両手両足をばたつかせ、全身で喜びを訴えてきた。偶然かもしれない。だがそんな姿を見せられて、可愛く思わないわけがないだろう。

「フェイロン、元気だった？」

　ウェルネス在籍《ざいせき》時代はなかなか時間が取れないうえに、アジア各地を転々としていたため、フェイロンはもちろん、ティエンと会う時間も限られていた。だがフリーとなり、ベトナムを拠点に据《す》えてからは、以前より頻繁《ひんぱん》に共に過ごせるようになっている。

「ちょっと見ない間に大きくなった？」

「そんなわけ、ないだろう」

高柳がまじまじとフェイロンを眺めての言葉を、背後に立つティエンが否定する。

「二か月前に、マレーシアで会ってるだろう」

「そうだけど！　でもその二か月の間にも、大きくなったなって。ねー、フェイロン」

「ねー」

フェイロンは高柳の口調を真似《まね》る。その仕草が可愛くて、高柳はフェイロンを抱き締める。

「たかやなぎー」

「……と、フェイロン、一人で来たわけじゃないよね。荷物とかはどうしたの？」

今さらながらに、その事実に気づく。

「……まさか、俺のこと、見えていないのか……」

高柳の言葉に呆然《ぼうぜん》とした声が聞こえてくる。見上げた先に、グレーのジャケットを羽織り、銀色の髪を頭の後ろできっちり結んだ長身の男が立っていた。

人目を惹《ひ》く、とはこの男のようなことを言うのだろう。髪の色だけでなく、内側から輝いている存在は、近くで見ると眩《まぶ》しいほどだ。

だが、声を聞くまで存在に気づいていなかった。

「こんなに目立つ人に気付かないわけがないじゃないですか」

今さらな発言に、男は肩を竦めた。

「よく言う。俺が声をかけるまで気づいていなかったくせに」

「そ、んなこと、ないよ」

見え見えだとわかっていて、主張する高柳の首根っこを、背後からティエンが摑んでくる。

「そこにいると邪魔《じゃま》だ。少し下がれ」

フェイロンごと楽々と引っ張ってくれた。その様子を呆れて見ていた、ハリーこと黄顕楊《ホアンシェンヤン》は、マレーシアの客家系企業、黄グループのトップの立場にいる。

フェイロンの後見人である侯とは、親戚《しんせき》というより師匠《ししょう》と弟子《でし》に近いハリーは、今の立場は公《おおやけ》にされていない。だからフットワーク軽く、彼の恋人でウェルネス社員の浅海翼《あさみつばさ》とともに、アジアを飛び回っている。ある意味、かつて高柳の担《にな》っていた立場に浅海がいるようなものだ。

ただ、ヨシュアとそこまで近しい関係でないため、高柳ほどの無理は強いられていないらしい。

「ハリーも、元気にしてた?」

「元気も何も、俺のこと振り回してたの、そんなに前の話じゃないはずだが?」

フェイロンと同じく、マレーシアでの一件を一緒に乗り越えた存在だ。そんなハリーとここでまた再会するとは、さすがに予想していなかった。

「暇《ひま》なの？」

だからついそう聞いてしまうと、さすがにハリーは目を瞠《みは》る。

「この状況でよくそんなことが言えるな」

大きなため息を吐くのを見て、高柳の腕の中でフェイロンが体の向きを変えた。そして両手を左右に広げて「だめー」と訴える。

「な、何？」

突然のフェイロンの反応に、高柳は困惑《こんわく》する。

「一丁前《いっちょうまえ》に智明のこと守ってるらしいぞ」

「え、俺、ここまで連れてきたのに、威嚇《いかく》されてんの？」

ティエンとハリーの言葉で、ようやく高柳はフェイロンの意図を理解する。

「フェイロンが、僕を……」

小さな体で目いっぱい手を広げて、己の倍以上の長身の相手を睨《にら》みつけている――らしい。その背中を見ていたら、胸に熱いものが込み上げてくる。

「フェイ……っ」

思いあまって背後から抱き締めるが、フェイロンとしては、かなり不本意だったらしい。

「やーだー」と腕から逃《のが》れようと抗《あらが》ってみるが、高柳はその腕を離そうとはしなかった。

「それで、ハリーはどこまで一緒の予定？」

ティエンの運転で横浜へ向かう車の中で、高柳はルームミラー越しに助手席に座るハリーに尋ねる。

ちなみに、お腹が空《す》いたと連呼した高柳に負けて、空港でカレーライスを食べてから移動している。機内で食事をしていたハリーだったが、食欲をそそるカレーの匂いには勝てず、なんだかんだ文句を言いつつも、一皿平らげている。

「もちろん、香港までだ」

あっさりハリーが応じると、ティエンは右の眉を上げ、高柳は「へえ」と反応する。

「だが、日本では別行動をさせてもらう」

「大丈夫なの？」

「日本では、お前らがいればいいだろう」

「まあ、そうだけど」

子ども用のシートに座った途端、安心したのかフェイロンはすぐに眠ってしまった。高柳はそんなフェイロンの頭を優しく撫でながら、ハリーの言葉に応じる。

侯と先生がフェイロンを高柳に預けてきたのも、香港入りの準備のためかもしれない。

「今ってどんな状況なんだろう?」

ふと、疑問が口を吐く。

「何がだ」

「んー。何がっていうか…香港とか、上海とか……アジアっていうか……色々」

香港の諍《いさか》いはティエンとゲイリーの尽力《じんりょく》の末、表向きティエンが退《しりぞ》き、フェイロンが次期の龍となることで、火種《ひだね》は消えたはずだ。

先生の反乱で、台湾《タイワン》における黎に対する対抗勢力も一斉に排除《はいじょ》された。上海はレオンが抑《おさ》え、シンガポール、マレーシアは諸々カタが付いた――のだろう。

高柳は表舞台で派手に立ち回っているものの、その裏で何が起きているのか、本当のところは知らずにいる。ある程度は理解して動いているつもりだが、ティエンもレオンも、真実は知らせようとはしない。

高柳もそこは弁《わきま》えている。

当初は何も知らされないことに寂《さみ》しさも覚えたものだが、触れてはならない場所があることは理解していた。

だからこその問いだ。

「……どうだろうな？」

正面を向いたままハリーが言うと、ティエンは無言で応じる。

「ティエンは今、香港に入れるの？」

「無理だな」

その問いにはあっさり答える。

「そっか」

ティエンが足を踏み入れられない香港へ、フェイロンが向かう。それは、事態が収束《しゅうそく》へ向かっているからなのか。それとも逆に、火種になるのか。高柳にはわからなかった。

「それじゃ、日本を発つ日が決まったら連絡する。そっちもなんらかの動きがあったら教えてくれ」

ハリーとはホテルの駐車場《ちゅうしゃじょう》で別れた。

彼を見送ってから、高柳はティエンとフェイロンとともに、みなとみらい地区のホテルにチエックインを済ませた。

一時間後、高柳は遊佐との待ち合わせへ向かう。

フェイロンは最初、一緒に行くと言い張ったが、ハリーと二人で飛行機で移動したため、かなり気を張っていたらしい。ベッドに横にさせると、五分も経たずに寝息を立ててくれた。

後のことはティエンに任せ、部屋を出る。

「起きたら泣くかなあ」

フェイロンの泣き顔を想像するだけで、胸が潰《つぶ》れるような気持ちになる。少しでもフェイロンを泣かさないためにも、早く仕事を終わらせよう。

南国リゾートのように、カフェ内にはパームツリーが何本も聳《そび》え立ち、海を眺められる窓は、高い天井まで続いていた。

「明るいな」

夕刻に近づき、赤く染まった夕日が眩しい。

「いらっしゃいませ。おひとりですか？」

入口に立つと、すぐにスタッフが声をかけてくる。

「いえ、待ち合わせで……」

言いながらフロアを見回すと、店の奥、窓際の席で立ちあがってこちらに手を振る男の姿が見えた。

「あそこみたいです」

高柳とほぼ同時に気付いたスタッフは、メニューを手に先導してくれる。

毛足の長い、海を思わせる色合いの絨毯《じゅうたん》を進むと、見慣れた顔が高柳を待っていた。

高柳の遊佐の印象は、日本人にしては、目鼻がはっきりしていて、人の目を惹く独特な……アンニュイというような印象の怠惰《たいだ》な雰囲気を備えた男だった。

それが今、自分に向かって手を振っているのは、綺麗な顔立ちはそのままで、陽《よう》の雰囲気を全身から放ち、すべてにおいて充実した表情の男に変貌《へんぼう》していたのだ。

目の印象強さは変わらず、一度目が合ったら視線を逸《そ》らせなくなる。

初めて出会ったときは、どこかやさぐれた陰《いん》の空気をまき散らしていたが、今はどうか。自信に満ち溢れた幸せオーラの眩しさに、高柳は負けそうになった。

「久しぶり。元気だった？」

一応、仕事で会うため、スーツ姿の遊佐は、なんの躊躇もなく両手で高柳の手を掴んできた。

高柳自身、人見知りなく誰に対しても、初対面からぐいぐいいけるほうなのだが、遊佐相手には一瞬遅れてしまった。

「こちらこそ久しぶり……です。元気、です、か」

（すごい幸せオーラだ）

そのオーラに面食《めんく》らって緊張《きんちょう》したせいか、なぜか片言《かたこと》の敬語《けいご》になってしまう。

「なんで敬語……あ、仕事だからか、ごめん。俺が空気を読めてなかった」

高柳の態度を良いように解釈《かいしゃく》した遊佐は、すぐに己の言動を謝罪《しゃざい》してくる。

「すみません、紹介します。御須《みす》さん」

そしてすぐに遊佐は、奥の席に座っていた人間に視線を向ける。御須と呼ばれた男は、その場に立ち上がった。

「こちらは元ウェルネスマートアジア担当者で、今はフリーでネゴシエーターを務めている、高柳智明さんです。高柳さん。こちら、商社・日宝《にっぽう》の御須昭信《みすあきのぶ》さん」

「初めまして、高柳智明です」

遊佐の紹介で、高柳はジャケットの内ポケットから取り出した名刺《めいし》を差し出した。その名刺を受け取るのと同時に、御須は己の名刺を差し出してきた。

国内三位に位置する商社、日本宝寿《にほんほうじゅ》の中国亜細亜《ちゅうごくあじあ》担当と肩書が記されていた。

おそらく四十代半ばぐらいだろう。まだまだ若々しいが、商社マン独特のギラギラとした雰囲気は感じられない。むしろ事務方のような穏《おだ》やかで物静かな印象だ。少し、不気味《ぶきみ》なぐらいに。

「今日はお忙しいところ、ご足労いただきまして申し訳ありません。遊佐もありがとう」

互いに椅子《いす》に座ると、御須は深々と頭を下げてきた。

「いえ……あの、お二人はどういうお知り合いなんでしょうか」

「ああ、そこからだった。すみません」

遊佐は悪気なく言ってのける。

「メールでする話ではないと思って、事情はお会いしてからするつもりだったんです。御須さんは俺が大栄堂《だいえいどう》に入社したときの直属の上司で、海外出店に関する知識を一から十まで教えてくれた人です」

「元は大栄堂の方だったんですか」

高柳が聞き返すと、御須は少し照れた様子で「そうなんです」と応じた。

大栄堂は、高柳とそして遊佐を裏切った会社だ。

ウェルネスと共同で契約《けいやく》を行う予定で進めていたところ、直前で高柳と同様に裏切られた結果、彼は背任の冤罪《えんざい》をかけられたことで、会社を辞めざるを得なくなったのだと聞いている。

直属の上司ということは、遊佐が責任を負わされたとき、守ってやらなかったということではないのか。

「そんな顔をしなくて大丈夫。ウェルネスの件のとき、もう御須さんは大栄堂にいなかったから」

　高柳の疑念《ぎねん》は顔に出ていたのかもしれない。遊佐が穏やかに説明してきた。

「御須さんは大栄堂での成果を認められて、日宝に引き抜かれたんだ」

「あ……」

「私の成果じゃない。遊佐くんや部下たちのおかげだ」

　御須は苦笑する。

「ウェルネスマートとの提携《ていけい》話が持ち上がった頃に、私は日宝に転職をしました。そのあとは目まぐるしく日々が過ぎていってしまった、だから……遊佐が大変なことになっていたと知ったのは、すべてが終わってからという有様でした」

　静かに御須は経緯《けいい》を述べる。

「何か私にできないかと、その後の消息が知れずに心配していたところ、ウェルネスにいると知ったときには安堵《あんど》しました」

「人づてに、御須さんが俺のことを心配してくださっていたのを聞きました。当時、人間不信に陥《おちい》っていた俺には、御須さんのお気遣いが本当に嬉《うれ》しかったです」

　思い出話を語る二人の会話に、高柳は入っていけずにいる。

　遊佐の事情を知ったとき、高柳の中にはただ怒《いか》りが生まれた。裏切った張本人に対してはもちろん、彼の所属していた部署、会社すべてが遊佐を信用しなかったことに対してだ。

それだけ、張本人が用意周到《よういしゅうとう》に動いていたということなのだろうが、おかしいと思う人間が一人や二人はいてしかるべきではないか。

「あのときは、本当にタイミングが悪かったんです。大規模な人事異動があったときで、俺がお世話になっていた上司や同僚《どうりょう》が、他の部署に配置になったときで……」

それももしかしたら、遊佐を貶《おとし》めるための下準備だったのかもしれないと思うのは、考えすぎだっただろうか。

もしそうだったとしても、もう終わった話だ。遊佐は大栄堂を退社したからこそ、今こうして高柳の前にいるのだ。

「――それで、本題に入りたいんですが」

「そうでした！　すみません」

遊佐は慌てた様子で高柳に向き直る。御須も緩《ゆる》んでいた表情が変わった。

「高柳さんは、深センで仕事をしたことはありますか？」

「深センですか？」

北上広深《ベイシャングアンシェン》と称され、北京《ペキン》、上海、広州市と並び、中国の四大都市とされる。数年前は、香港の下請《したう》け工場地域として始まった場所だが、経済特区となったことで急速に発展し、今や経済、金融、技術において中国内でも中心的な都市となり、世界的シェアを誇る、ドローンや通信機器企業、多国籍テクノロジー会社が拠点を置いている。

アジアのシリコンバレーと呼ばれ、他で一か月かかることが、深センでは一週間で進むと言われていたこともある。

そんな時期に、高柳もウェルネスの仕事で深センや広州市にも訪れている。しかし当時は人脈がなかったこともあり、気づけば欧州《おうしゅう》や米国の他の流通企業に先を越されたことで、一旦その時点での進出は諦《あきら》めた経緯《けいい》がある。

しかしその後の発展を考えれば、競合企業の進出があっても、ウェルネスが同じように進出する余地《よち》は十分にあったように思う。高柳自身が強く推《お》せなかったこともあるが、おそらくヨシュアが珍しく読み違えた稀有《けう》な場所だった。

「僕が仕事したことあるかどうかは、遊佐さんが一番よく知ってるんじゃないですか?」

遊佐は今、ヨシュアのサポート役を担っている。知らないわけがなかろうと、少しだけ嫌味《いやみ》を込めてしまうのも仕方がないだろう。とにかく高柳は、ヨシュアに恨《うら》みつらみがありすぎるのだ。

「質問の仕方が悪かったです。情けない話ですが、現在、私が深センでの仕事で行き詰まっていて、その打開策《だかいさく》を模索《もさく》しているところなんです」

遊佐ではなく御須が事情を説明する。

「……それは、仕事としての依頼、ということですか？」

「もちろんです」

間髪《かんはつ》入れず肯定《こうてい》したのは遊佐だ。

「将来的にウェルネスとも関《かか》わりのある話のため、最初に俺に打診《だしん》があったのですが、高柳さんもご存じのように、ここ数年は実務には触れる機会がなく……」

それでも事前プロジェクトとして、ウェルネスのアジアチームに話を持って行ったのだが、深センという都市の特殊《とくしゅ》事情ゆえに、すぐ動けるスタッフがいなかった。

元々少数精鋭《せいえい》で動いているうえに、高柳の退社による穴《あな》は予想以上に大きかったのだ。

（まあ、そうだろうなあ……）

高柳自身、自慢《じまん》ではないが、よく働いていたと思う。いくつもの案件を抱えて、それをほぼ形にしてきたのだ。もちろん途中で頓挫《とんざ》した仕事もあるし、出店直前で契約が破棄《はき》になったケースもある。だがそれ以上に、黒字の見込める大規模プロジェクトを成功に導いた立役者としての印象が強いのだろう。

浅海も奮闘《ふんとう》しているが、彼はマレーシアやシンガポールの仕事が佳境《かきょう》で、さすがに深センの、先がまだ不透明《ふとうめい》な仕事に時間をかけさせるわけにはいかない。

「具体化すれば、もう少し弊社《へいしゃ》も人員を回せるのですが、いかんせん今の状況では、吉《きち》と出るか凶《きょう》と出るかも判断がつかず……」

「……どこまでの何をご希望なんですか?」

「ぶっちゃけるならば、コネクションが欲しいです」

御須は正直に打ち明ける。

「コネクション?」

中国大陸において、コネクションは何よりも強い。高柳が香港でティエンに救いの手を求めたのも、それがきっかけだった。

しかし、ここ数年の状況は変化したように思えていた。いや、確かに変化したのだ。

若手起業家が押し寄せ、海外企業の進出も増えてきた。古くからの都市でもない深センには、地主的な存在も少ない。

だが、急激な発展により生まれた富豪《ふごう》たちが、さらなる進出の新たな障害《しょうがい》となっていった。

「日宝が新しい企業であれば、また話は違ったのかもしれません。また、出遅れた状況で、失敗ができないという社内的な事情もあります」

数年前であれば、八割方成功しただろうプロジェクトも、少しずつ右肩下がりになってきた今は、大成功しないまでも、失敗はしないという条件がなければ下手《へた》に動けない。

「内情はウェルネスも同じです。そんな状況でも、深センは無視できない都市であることに違いはありません。だから、高柳さんに頭を下げにきました」

遊佐は膝にやった己の手に額《ひたい》を押しつけた。

「……遊佐」

「私からもお願いします」

御須が続く。

「交渉までお願いできる状況ではありません。ですが、今後、深セン進出について話ができる人とのコネクションが欲しいのです」

「……いつ、ですか」

迷《まよ》いながら高柳が訪ねると、御須は目を輝かせた。

「正直を言えば、今の段階では具体的に誰かがいるわけじゃありません。でも、タイミングさえ合えば、深センに同行して対策を練ることは可能かと……」

「早ければ早いだけありがたいです」

御須は前のめりに答えてきた。

「遊佐は？」

「同意見です。ただ申し訳ありませんが、すぐの話であるならば、俺はご一緒できません」

遊佐は申し訳なさそうな表情になった。

「実は今日中に、アメリカ行きの飛行機に乗らなくてはならなくて……」

「は？　今日中？　って」

「羽田深夜発でロスへ戻ります」

慌てて時間を確認する。

「働きすぎでしょ」

「高柳さんに言われたくないですよ」

遊佐は笑った。

「お互い様か」

高柳も人のことは言えたものではない。

「具体的な報酬《ほうしゅう》については、御須さんとお話いただきますが、今回の出来高条件次第では、弊社としても、もちろん報酬をお支払いするつもりです。手付として、これだけ」

遊佐は取り出したスマートフォンの画面に、想像以上の金額を提示してきた。

「拘束《こうそく》期間は？」

「状況次第ですが、まずは一週間ぐらいで、話のすり合わせなどさせていただければと考えています。あちらの美味しい料理を食べに観光がてら、いかがでしょうか」

「一週間か……」

深センは未知の都市だが、ここで断ったとしても、香港からも近い場所である以上、今後、必ずなんらかの関わりが出てくる。

「わかりました。一週間ならばご一緒します」

「本当ですか！」

今の段階では本当に観光気分で深センへ向かうつもりだが、ティエンに話したら、厄介《やっかい》ごとを引き受けてと怒られるかもしれない。こういう場合、強運の持ち主である高柳は、ババを引き当てることが多いのだ。

「ありがとうございます」

遊佐と御須、二人が頭を下げてくる。

「できれば最短での出発日を設定してもらいたいんですが」

高柳が要望すると、改めて連絡をもらえることとなった。

「私自身は今回を機に、深センでしばらく過ごすことにしたので、息子を一緒に連れていくことをご了承《りょうしょう》願います」

「息子さん？」

「今年の春、高校を卒業して、あちらの大学に進学することになりました。これで私も、あちらで腰を据えて取り組めます」

触れていいものか否か、一瞬考えるが、今はとりあえず流すことにした。

「承知しました。僕も一人、同伴《どうはん》してもいいですか？　渡航《とこう》費用は自分で持ちますので……」

「ティエンですよね？　それならうちが費用は持ちます」

高柳の言葉を遊佐が遮《さえぎ》る。遊佐の言うとおりなので、ここであえて否定したり、拒《こば》む必要はないだろう。

「ありがとうございます」

連絡先を別途交換し、高柳は先に席を立った。

「遊佐、ありがとう！」

「俺は何もしていませんので……」

自分なしで盛り上がる二人の会話を背中で聞きながら、高柳はスマホを確認する。

ティエンのアカウントから、「たかやなぎー」とメッセージが入っていた。夕飯の時間を過ぎても戻ってこない高柳を心配しているのだろう。

ティエンに電話をすると、すぐに出てくれる。

『終わったのか』

「終わったー。腹ぺこ」

変わらぬティエンの口調に、とても安堵する。

『夕飯どうする？　ホテルの中で食べるか？』

「まさか。中華街だよ、中華街！　今から行けば、夕飯食べてカウントダウンを祝えるよ」

『カウントダウン？』

「まだちょっと早いから、一回部屋に戻る。フェイロン、可能ならもう少し寝かせておいて」

話しながら高柳は、スマホにメモしておいたスケジュールを確認した。中華街内に設けられた会場で、カウントダウンイベントが行われるのは、日付が変わる少し前からだ。あまり早い時間から行っても、フェイロンが疲《つか》れるだけだ。

食事の時間を考えると、ホテルを出るのは十時近くでいいだろう。それまで、空腹を我慢できるのであれば、だが。

「とりあえず、中華街行ったら、肉まん食べようかな。その前にちょっと買い物したいな」

想像したら、めちゃくちゃお腹が空いてしまった。

3

「フェイロン。耳、可愛いね」

世界最大規模を誇る横浜中華街内の混雑する通りを歩くたび、フェイロンのコートのフードについた長い耳が揺れる。

「かわいい！」

しっかりと高柳の手を握《にぎ》ったフェイロンは、嬉しそうだ。普段ならもう夢の中にいる時間にもかかわらず、目はらんらんとしている。

日本滞在期間は数日予定のため、フェイロンのスーツケースの中には、必要最低限の服しか入っていなかった。その中に、このウサギの耳付きコートを入れたのは誰か知らないが、高柳と同じ趣向なのだろう。こういう服がフェイロンに似合うことを、よく知っているに違いない。

（先生のわけはないな……となると、侯かな）

あの生真面目《きまじめ》な男がフェイロンの服を選んでいる姿を想像すると、それだけでおかしくなってしまう。

ちなみに高柳は食事に出る前に、ホテル近くにあった日本のファストファッションの店へ向かい、ダウンコートやインナー、シャツなどをまとめて購入した。今着ているのはそのとき買ったダウンコートだ。

「ご飯食べようね」

「はい！」

「どこに行くんだ？」

高柳は中華街に来て、すでに大きな中華まんを一つ平らげている。だがそれは夕飯ではない。その証拠《しょうこ》に、中華まんを食べたのは高柳だけだった。味見にティエンもフェイロンも一口もらった。フェイロンはもっと欲しがったが、「これ以上食べたら夕飯が入らなくなる」という理由で却下《きゃっか》された。

高柳はどうなのだというのは愚問《ぐもん》だろう。

「前に口コミで目にして以来、ずっと食べたかった店なんだ」

開港通り沿いにある、水餃子《スイギョウザ》の店——皮はモチモチで、ココナッツ入りのタレが絶品なのだという。

多少、迷いながらお店に辿り着くと、運よく席が空《あ》くタイミングだった。

席に座ってすぐ、高柳は事前に調べておいたメニューを注文する。

「水餃子を二皿と焼き餃子一皿、牛肉と空心菜《エンツァイ》の炒《いた》め物、エビチリ、小籠包。で、いい？」

高柳は一応ティエンに確認を取る。

「お前がいいなら。フェイロンが食べられる物もあるんだろう?」

「もちろん。フェイ、水餃子美味しいよ。楽しみだね」

「はい!」

「あ、あと、青島ビールを2本。グラスは二つ。オレンジジュース一つ」

「是」

愛想《あいそ》のない女性店員の対応は、最近では珍しいのだと、口コミに書かれていた。

学生の頃にも何度か中華街には訪れているが、随分《ずいぶん》大通りに並ぶ店が変わっていた。

「ティエンはここの中華街、来たことある?」

「ウェルネスの日本支社にいた頃に、二、三回来てるな」

「遊佐と?」

「片岡《かたおか》もいたな」

「アジア支部だっけ、片岡さんって」

パッと見、およそ堅気《かたぎ》に見えないことで名前は知っているが、現場で会ったことはない。

「そうだ。あと一人、ジェイムス・パーキンスもいた」

ジェイと呼ばれている男は、今、欧州の責任者を務めている。彼もまた、ヨシュアの手の内の一人だと聞いている。

「日本支部、楽しそうだよねえ……」

ほぼほぼ一人事務所で活動してきた高柳は、同僚という存在が羨《うらや》ましい。

「あの頃は平和だったからな」

眼鏡の奥のティエンの瞳が、過去を見つめている。

「いいな……」

改めて羨ましがる高柳を戒《いまし》めるように、ドンとテーブルの上に水餃子と飲み物が運ばれてきた。

青島ビールを互いのグラスに注ぎ、フェイロンにはジュースの入ったグラスを持たせる。

「まずは、乾杯《かんぱい》」

「カンパイ！」

フェイロンは上機嫌《じょうきげん》で、ジュースを一口飲んだ。その様子を見て、高柳はティエンとグラスを重ね、喉を潤した。

「それじゃ、水餃子！　そのタレ使って」

テーブルにセットされていたタレを店員から示される。

厚めの皮に包まれた、まんまるとした水餃子からは湯気《ゆげ》が立ち上っている。

お腹が空いているのだろう。珍しくフェイロンが早く食べたいと訴えている。

「フェイロンも食べたいよね。ちょっと大きいけど大丈夫かな」

軽くふーふーと息を吹きかけて冷ましてから、つるんとした水餃子をひとつ小皿にのせた。タレをつけながら食べるのは大変だろうと、ココナツたっぷりのそれを、最初から皮の全体につけた。

「召し上がれ」

高柳が促すと、フェイロンは真似して息を吹きかけてから、そのままかぶりついた。そしてタレのついた皮と少しの中身を味わい――。

「美味しい」

「気に入った？　良かった。食べて食べて……何見てるの？」

二人のやり取りを眺めているティエンの視線に気づいて、高柳が顔を向けると、ティエンはくすりと笑った。

「本当に親子みたいだな」

「ティエンも食べなよ。熱いなら、ふーふーしてあげようか？」

高柳が冗談《じょうだん》めかして言うと、「遠慮《えんりょ》しておく」と自ら水餃子に箸《はし》を伸ばした。


「すいぎょーざ！」

「ココナッツ多めにタレに混ぜたほうが美味しいよ」

高柳の勧《すす》めるまま、ティエンはたっぷりタレをつけた大きな水餃子をそのまま口に運ぶ。むしゃむしゃと噛みしめてから、高柳に頷きで応じてくる。

「美味《うま》いな」

「でしょ？　ちょっと癖《くせ》になるよね、この味。前に大連《ターリエン》の餃子店で食べた味と似てるんだけど、なかなか似たタレに辿り着かないんだよ」

この店の名物である水餃子は、どこのテーブルも注文している。

中国遼寧省《ちゅうごくりょうねいしょう》の南部に位置する東北随一《ずいいち》の都市は、餃子が有名で、餃子のコース料理を出す店もある。日本にも、大連の地名を使用した餃子店があるほどだ。

その店でも同様に、厚めのもちっとした食感の水餃子を食べられるが、タレは当然のことながら店ごとに異なる。

だからこそ、一度この店のタレを味わってしまうと、忘れられなくなるのだ。

「何度か自分でも真似してタレを作ってみたけど、この味にはならなくてさ……。うん、美味しい」

一皿目が空になる頃、焼き餃子と牛肉と空心菜の炒め物、エビチリ、小籠包も運ばれてきた。それぞれフェイロンの皿に取り分けると、器用に箸を使って食べていく。

「すごいな。成長してる」

毎日一緒にいるわけではないフェイロン相手に、親目線になるのも致し方ない。嬉しさと同時に、寂しさも覚えてしまうのも当然だろう。

「気づいたら、あっという間に大人になって、結婚するとか言い出すのかな」

「何をばかなこと言ってるんだ」

「ばかなことじゃないよ。だって想像してみてよ、フェイロンが成長した姿」

「そのうちな」

突然に妄想《もうそう》の世界に入って感傷的になる高柳の頭を、ティエンは横から小突き、空になったグラスにビールを注いでくれる。

「……そうなんだけど……」

「それで、遊佐の話はなんだったんだ？」

ティエンは少し声を潜《ひそ》めた。

「数日のうちに、深センへ向かうことになった」

「遊佐も行くのか」

「ううん。遊佐から紹介された日宝の御須さんて人と一緒」

高柳は先ほどの話をかいつまんでティエンに説明する。

「そういや、ウェルネスの仕事では深センにも広州にも行ってないな」

「話は何度か持ち上がってたんだよね。ただ、他の都市の話が進んでるときで、さすがに僕も手が回らなくて後回しになってた。ティエンには話なかったの？」

「香港に近すぎて、俺はあえて避《さ》けられてた」

「ああ、そっか。地続きだもんね」

調べたところ、香港の主要鉄道システム、ＭＲＴで四十分ほどで行ける。バスや車でも大して時間はかからないだろう。もちろん、日本からも直行便が何本か飛んでいる。

高柳やティエンが香港で活動していた頃は、まだ深センはそれほど重要視されていなかったことを考えると、本当に成長速度には著《いちじる》しいものがある。

中国の経済成長と、深センの成長スピードがほぼ一致している。

「それで、伝《つて》はあるのか？」

肝心《かんじん》なことを問われて、高柳は首を左右に振った。

「あそこでスタートアップした企業の知り合いはいるけど、その程度の知り合いなら、遊佐も御須さんもそれなりにいるんだと思う。だから、そういうコネクションじゃないんだろうな」

香港でティエンに辿り着いたように、上海でレオンと出会ったように、深センにもキーとなる人物がいるのだろう。ある程度、目星がついているのであれば、なんらかの予兆《よちょう》があるだろうが、今の段階ではそれもわからない。

「御須という男は信用できるのか?」

「うーん。どうかな」

高柳は五個目の水餃子を口に運ぶ。あと十個は食べられそうな気がする。追加しようか悩むものの、時間の余裕はなかった。

会計を済ませ、カウントダウンの行われる中華街内にある山下町公園へ向かう。その前に三国志《さんごくし》で有名な関羽《かんう》を祭った関帝廟《かんていびょう》へ参ろうと思っていた。武将《ぶしょう》として名高い関羽は塩の密売に関わっていたという逸話《いつわ》もあり、商売繁盛《はんじょう》の神としても崇《あが》められるようになったという。

横浜中華街以外でも、ベトナム、マレーシアでも目にしている。

そんな関帝廟だが、隣がカウントダウン会場となっているせいもあり、深夜になっても提灯《ちょうちん》などのイルミネーションで飾られ、大勢の観光客で溢れかえっていた。緋色《ひいろ》の生地《きじ》に金糸で文字を刺繍《ししゅう》されたのぼりが、風に大きくはためいている。

「フェイロン。抱っこしようか」

この状態だとはぐれ兼ねない。高柳が抱き上げようとすると、横からティエンが手を伸ばしてきた。

「ありがとう」

「お前も俺からはぐれないよう、しっかり腕を摑んでろ」

頼もしい言葉に「うん」と応じた。

春節は旧暦の正月であり、中華圏においては何より重要視される祝日だ。家族で過ごすべく帰省者が増えるため、中国国内のみならず大勢の人間が移動することで、昨今、毎年ニュースになっている。

だが、ここ横浜中華街の春節は、まさに年越しのイベントだ。

関帝廟の隣の狭い公園内にはイベント会場が設けられ、壇上では様々な出し物が催《もよお》されていて、カウントダウン用の時計が表示されていた。

「あそこの数字が十になったら、一緒に声を出すんだよ」

高柳が指差す方を見てフェイロンは頷く。

「それでは、皆様、十、九、八……」

司会者の声に合わせ、その場に集まった大勢の人々が同じように声を上げる。

「ナナ、ロク……」

フェイロンもたどたどしい口調の日本語でカウントダウンをしている。

「五、四……ほら、ティエンも」

「二、一！」

そこですべての照明が消え、ドンッと地面から突き上げるような音が響く。何かと思った次の瞬間、空に大きな花火が咲く。

「あ……っ」

そして、派手な爆竹音が響き、会場が再び明るくなる。

「春節快楽《チュエンジェークァイラ》！」

「新年好《シンニィェンハオ》！」

花火や爆竹の大きな音に驚いたフェイロンだが、ティエンと高柳がそばにいることですぐに安心したらしい。

「辰年大吉大利《ロンニエンダージーダーリ》」

龍という宿命にある二人にとって、今年がいい年となりますように。

「たかやなぎ、すき」

「僕も大好きだよ、フェイ！」

抱っこを求められ、ティエンからフェイロンを受け取る。

フェイロンをこうして抱っこできるのはいつまでか。

（大きくなってほしいけど、もう少しこのままでいてほしいなあ……）

細い肩口に額を埋め温もりを味わっていると、地の底から響くようなドンっという音がした。

「何？」

驚いて顔を上げると、高柳たちの横を棒《ぼう》を手にした黒服の男たちが走り抜けていく。

「龍舞だ」

ティエンの言葉で思い出す。春節イベントの中に、龍舞があったことを。

中国の伝統的な踊りである龍舞は、龍珠を龍が追いかける様を表しているという。

十人ほどが手にした棒の先に、金色の長い龍の体があった。

鬣《たてがみ》に長い髭《ひげ》。彼らの巧《たく》みな動きによって、伝説の生き物であるはずなのに、多くの人がその姿を知っている龍が、まるで本当に生きているかのように、鳴り響く太鼓《たいこ》と銅鑼《どら》のリズムに合わせ、自在に空中を舞い踊る。

何度か他の龍舞を見たことがあるが、それぞれダイナミックさや派手さがあったが、横浜中華街の龍舞はそのどれとも異なっている。

滑《なめ》らかで優雅《ゆうが》。それでいて猛々《たけだけ》しい。

「すごい……」

「上手いな」

隣で見るティエンも同じ感想らしい。

「うん。あの、珠《たま》の動きが……」

龍の見事な演技を生み出しているのは、先導する珠の動きだ。龍はもちろん、珠もまた巧みに動かなければ意味がない。

ボールのような弾力性《だんりょくせい》はなく、珠自体が意思を持っているように感じられる。

(どんな人が操ってるんだ?)

高柳は珠を操る者に意識が向いた。他の操者と同じく、全身黒服に身を包んでいる。

(背が高いな……)

それでいて動きは滑らかだ。

さらに、遠目にもわかるほど、整った顔立ちをしている。感情が表に出るようで、わずかな失敗やうまくいかない場面で、眉根が寄せられる。悔《くや》しそうに、でもすぐに気持ちを切り替えて次の動きに挑《いど》む。印象的なのは、強い瞳。長めの前髪のせいで、はっきりとは見えないものの、ふとした瞬間に覗くからこそ、強い光を放つのがわかる。

暗闇《くらやみ》の中でも感じられる、漆黒《しっこく》の瞳。

物憂《ものう》げな表情。

赤い唇。

背筋《せすじ》がぞくりと震える。

(なんだ、この感覚)

恐怖《きょうふ》……と、畏怖《いふ》。

龍に対してではなく、「彼」に感じる。

音楽があるわけではない中、全員が呼吸を合わせることで成り立つ舞。

盛大な拍手《はくしゅ》が沸《わ》き起こったことで舞が終わったのだと理解する。見ていた誰もが、高柳と同じなのだろう。球を持つ彼に向けて、一際《ひときわ》大きな拍手が沸き上がった。

「ちょっと、ごめん」

高柳はフェイロンをティエンに預け、彼と話をすべく彼らの元へ向かおうとした。

「おい、智明」

ティエンが呼び止めるのも聞かず、足が勝手に動いていた。

強い、衝動。

とにかく、話をしてみたいという思い。

「すみません。通してください。すみません」

混雑する人々の間をすり抜け、彼ら、いや、彼を目指そうとした。だが壇上で次に始まる採青《ツァイツェン》を見ようと、さらに人が集まってくる。日本の獅子舞《ししまい》とは似て非なる獅子舞の一種で、二人一組で着ぐるみをまとい、曲芸を行う。面は賑《にぎ》やかで派手で、どことなく愛嬌《あいきょう》や可愛らしさが感じられる。

彩青は、そんな獅子が青菜をつけた紅包《ホンパオ》と称される祝儀袋《しゅうぎぶくろ》を求めて練《ね》り歩くのだ。

（獅子ってことは、レオンか……）

高柳の知る身近な獅子は、可愛いとは正反対で雄々しく男くさい。少なくとも銅鑼や太鼓に合わせて踊ったりはしないだろう。だがレオンは人の皮膚に墨《すみ》を入れるとき、相手に合わせた音楽を流すことが多い。

（あれはある意味、踊りってこと……？）

そこまで思ったところで、完全に龍舞をしていた人たちの姿を見失っていることに気づく。

同時に、はたと我に返る。

「……僕、何を……」

慌てて周りを見回す。舞い踊る獅子の前に立ち尽くす高柳は、いつの間にか紅包《ホンパオ》を握っていた。

（食われる……！）

咄嗟《とっさ》に目を閉じた次の瞬間——獅子は紅包を奪《うば》って、次の場所へ向かっていた。

ドンドンという太鼓の音、続く銅鑼の響き。体の内側から震えるような感覚で、己がどこにいるかを理解する。

「……明。智明！」

名前を呼ぶのはティエンだ。

「ティエン、ごめん……僕……」

「フェイロンはいないか？」

慌てたティエンの問いに、高柳は一瞬何を言われているのかわからなかった。

「フェイ……？　いない、よ。さっき、ティエンに預けたよね」

「あのあと、俺の手から逃れて、お前を追いかけていったんだ！」

「……え？」

背筋がひやりと冷たくなる。

フェイロンは、ただの子どもではない。『龍』だ。高柳には理解できない不思議な力を、時として発揮《はっき》することがある。

高柳を追いかけて、その力を発揮したというのか。

「でも……僕のところに来ていない」

いくら雑踏の中、フェイロンが小さいとしても、もし近くに来ていたとしたら、さすがに気づかないわけがない。

でも、いない。

と、なれば、フェイロンはどこにいるのか。

「ティエン、どうしよう……」

「とりあえず、ここから出よう。外でお前を待ってるかもしれない」

「う、うん……」

会場を出て、関帝廟の高い位置へ移動し、辺りを見回す。しかし、フェイロンらしき姿は見当たらない。

「僕のせいだ……」

日本だから、ティエンと一緒だから大丈夫だと過信していた。

ただ、迷子になっているだけならいい。だがそうでなかったら。

ひやりと嫌な予感とともに、先ほど龍珠を持った青年を見たときの違和感《いわかん》が蘇《よみがえ》ってくる。

「龍舞だ」

高柳はそう呟《つぶや》く。

「龍舞？」

「珠を持っていた彼。何か知ってるかもしれない」

「どういう意味だ。わかるように説明しろ」

「説明できるぐらいなら、今フェイはいなくなってないよ」

己に苛立《いらだ》っているのに、ティエンに八つ当たりしてしまう。頭を抱え、その場で地団駄《じだんだ》を踏む。冷静にならなければダメだとわかっていても気持ちが焦《あせ》る。

「……智明」

ティエンに両肩を摑まれる。

「落ち着け。お前が焦っているとフェイロンにも伝わってしまうだろう」

「ティエン……」

「あいつはお前を追いかけていたんだ。だから、心を落ち着けてフェイロンに呼びかけろ。どこにいるか伝えるんだ」

「そんなこと言われても……わからない」

自分は龍ではない。特殊な能力は備わっていない。そんな自分にフェイロンを探せるわけがない。

わかっていても、他にできることはない。だからティエンに言われるまま、大きく何度か深呼吸を繰り返し、頭の中にフェイロンの姿を思い浮かべる。

真っ暗な闇の中。ぼんやりと浮かび上がる白い物体。内側から金色の輝きが見える——ような気がした刹那。

「たかやなぎ！」

自分を呼ぶ声。はっと見開いた目の中に、最愛のフェイロンの姿が映り込む。直後、事態が理解できない高柳の腕に、フェイロンの実態が飛び込んできた。

「フェイ……！」

「フェイロン？」

「たかやなぎ。たかやなぎ」

必死にしがみつき名前を連呼されてやっと、高柳はこれが現実だと理解する。

「……フェイ。ごめんね。怖かった？　大丈夫？」

その場にしゃがみ、フェイロンの後頭部を撫でる。フェイロンは泣いてはいない。ただただ高柳の胸の中に、必死にしがみついている。

「フェイロン……一体どこにいたんだ……」

「あの……」

高柳の後ろで怪訝なティエンに応じるように、遠慮《えんりょ》がちな声が聞こえてきた。フェイロンの髪を撫でながら顔を上げた高柳は、自分たちの前に立つ人影《ひとかげ》に気づく。

寒空の中、上下黒のシンプルな装《よそお》いで、ひょろりとした印象の、黒縁眼鏡《くろぶちめがね》をかけた高校生ぐらいの青年。長い前髪が、顔の大半を覆《おお》っている。

「……君、確か」

龍珠を操《あやつ》っていた青年か。

飯
最遊

一瞬、鼓動が高鳴るが、すぐに心音は穏やかなものへと変化する。

「なんか、知らない男たちに連れて行かれそうになってました」

「……え？」

何を言われているのか、高柳はすぐに理解できなかった。代わりにではないが、ティエンが反応する。

「君が、助けてくれたのか」

「その子がすごい嫌がってたから、何してるのか声を掛けただけです。そしたら、その子が自分から逃げ出したんで、俺はちょっと手助けしたぐらいで……」

ゆったりとした口調のせいか、そのときの様子があまり摑めない。

「本当に……助けてくれてありがとう。礼を言う」

ティエンが頭を下げるのを目にして、高柳もようやく事態を把握《はあく》する。

自分たちから離れたタイミングで、何者かがフェイロンを連れ去ろうとしていたということだ。

この青年が助けてくれなかったら、どうなっていたか。

震えだしそうな気持ちを堪《こら》えて高柳も頭を下げる。

「ありがとう……」

「あ、いえ……」

神妙《しんみょう》になる高柳とティエンに反し、対する青年は変わらず飄々《ひょうひょう》としている。

「君に怪我はないか」

「大丈夫です。ホントに、声を掛けたら、逃げちゃったんで」

この人混みだ。下手に騒《さわ》がれては相手も困るのだろう。

「それならよかった」

高柳は安堵の息を漏らす。

万が一、相手が武器を持っていたら、フェイロンも助けてくれた彼も危なかったかもしれない。

「もしよければ、どんな奴らだったか、覚えていたら教えてほしい」

「……とりあえずその場にいたのは三人で、がっしりとした体格で、黒っぽいジャンパーとズボン姿で、ニット帽《ぼう》を被ってました」

ティエンの問いに冷静に応じる。

「そうか……」

「あと、タオパオって言ってました」

タオパオ……。やはり、中華系の人間か。

「それじゃ、みんなが待ってるんで、俺はこれで……」

「待ってくれ。礼を……」

「お気をつけて。新年快楽《シンニャンクアイラー》」

ティエンの言葉の途中で、青年はその場から離れて、大勢の人混みの中に消えていく。

「ティエン、行っちゃった。追いかけなくていいのかな」

「龍舞をしていたメンバーの一人のようだ。問い合わせれば誰かはわかるかもしれないが……当人は望んでいないかもしれないな」

「どういうこと？」

連れ去られかけたフェイロンを救い、自分たちの元まで連れ戻してくれた。

（どうやって？）

ティエンと高柳ですら、この人混みの中、フェイロンを見つけられなかった。逆に、フェイロンはなぜ二人を見つけられたのか。未知のフェイロンの力ゆえなのか。「彼」がいたからなのか。

フェイロンを連れ去ろうとした輩《やから》は、彼が声を掛けたら逃げたという。それは事実なのか。

「何しろ、十中八九、相手はプロだ。そんな奴らからフェイロンを助け出してくれたからには、ただの素人《しろうと》ではないだろうな。何しろ、目の前に来るまで、気配をまったく感じなかった」

「……そう、か」

「たかやなぎ」

余程、怖い顔をしていたのだろう。心配そうに小さな手が高柳の頬に触れる。

「だいじょうぶ？」

高柳たちと離れただけでなく、見知らぬ男たちに囚《とら》われかけたのだ。怖かったのは高柳ではなくフェイロン当人だろうに、こうして心配してくれる。

優しさに胸が熱くなる。

「大丈夫だよ、フェイロン。僕のほうこそ、怖い思いをさせてしまってごめんね」

無性《むしょう》に気になってしまった「彼」。その彼を追いかけたがために、フェイロンを見失った。

そのフェイロンを「彼」が連れてきてくれた。

これがただの偶然のわけはあるまい。

「縁《えん》があれば、嫌でもまた顔を合わせるだろう。そのときに改めて礼をしよう」

4

(やっと寝た……)

フェイロンが完全に寝入ったのを確認して、高柳は人心地《ひとごこち》つけた。今日、日本に着いたばかりで深夜まで人の多い場所にいただけでなく、見知らぬ男たちに攫《さら》われかけたのだ。

体に傷はなかったものの、心は疲弊《ひへい》しているだろう。

部屋に戻って一緒に風呂に入っている間も、かなり気持ちは高揚《こうよう》していた。さんざんはしゃいでやっと、電池が切れたおもちゃのように眠ったのだ。

会えた喜びから、連れ回してしまったのは自分だ。

(ごめんね、フェイロン)

深い自己嫌悪《じこけんお》に陥《おちい》った高柳は、ティエンに視線を向ける。

帰ってきてからずっと、ティエンはパソコンで何かを調べていた。だが高柳が自分を見ていることに気付いたのか、手を止めた。

「フェイロンは寝たのか」

「うん……ハリーは何か言ってる?」

フェイロンの件は、すぐにティエンからハリーに伝えられた。侯や先生には、ハリーが連絡しているだろう。

「今後の対応については、明日の朝、直接話すことになった」

「そっか」

大きなため息を吐く。

「そんな顔するな。一服しよう」

ティエンは立ち上がって冷蔵庫を開け、そこに入っている缶《かん》ビールを二本手にした。促されて、高柳は窓際のソファに並んで座る。そして当たり前のように、高柳はティエンの肩に体重を預ける。

触れているだけで、荒《すさ》んでいた心が癒《いや》され、安堵感が広がっていく。

「フェイロンを狙《ねら》ってるのは誰なんだろう」

「さあな。思い当たる節《ふし》がありすぎる」

ティエンはふっと笑う。

ティエンも生まれてから今に至るまで、命の危険に晒《さら》され続けてきた。信頼した人に裏切られ続け、命を狙われるという運命は一体どんなものだろう。

そしてフェイロンに、自分と同じ運命を歩ませないよう、ゲイリーをはじめとした大人たちが尽力《じんりょく》している。その道筋《みちすじ》は、きっと高柳が思っている以上に困難を極めているのだろう。

「深センに行くのやめようかな……」

高柳は缶ビールを両手でつかんだまま、ぽつりと呟く。

「やめてどうする？　フェイロンのそばに一緒にいるつもりか？　自分の命すら、ろくに護《まも》れないお前が？」

「……ティエン……っ」

事実なのだが、その事実をティエンに指摘《してき》されると辛《つら》い。

「悪気はない。だが事実なのはお前もわかってるだろう？」

「僕がフェイロンのそばにいるのは、かえって迷惑《めいわく》ってことか」

「平穏《へいおん》な状況なら、むしろそばにいてやってほしい。他の誰にも教えられない、人を愛する気持ちをあいつに教えてやれるのはお前だけだから」

「人を愛する気持ち」

「お前は損得勘定《そんとくかんじょう》なしに、ただ無償《むしょう》の愛をフェイロンに注いでくれてるだろう？　俺もガキの頃にお前に会いたかった。お前に育ててもらってたら、こんな人間にはならなかったかもしれないな」

冗談《じょうだん》めかした口調で、ティエンの本音《ほんね》が零《こぼ》れ落ちる。

「そんなの嫌だ」

「ひどいな。そんなにはっきり拒《こば》まずともいいだろう?」

ティエンの言葉の持つ意味を理解したうえで、高柳は儚《はかな》く笑った。

「だって、僕は今の君を愛しているんだ。もし幼い頃のティエンに会ってたら、こうして愛し合えなかっただろう?」

笑みを浮かべた唇を、ティエンの唇に軽く重ねる。眼鏡の奥の瞳に、高柳の姿が映し出されている。

「……智明」

「あーでも、フェイロンぐらいの年齢の頃のティエンには会ってみたかったな。まだ憎《にく》まれ口とか叩《たた》かない頃。達観して世の中を見てない時期の君は、どれだけ愛らしかっただろう」

フェイロンによく似た、ふくふくとしてモチモチの柔《やわ》らかい頬。大人びた顔をしても可愛らしさが勝ってしまう年齢。

想像しただけで目元が緩む。

「でもそんな保護欲より、君とセックスしたいっていう性欲のほうが勝っちゃうんだよね」

高柳はビールをもう一口飲んでから、ティエンの手にある缶と合わせてテーブルに置くと、甘えるように膝《ひざ》の上に乗りあがった。

帰宅したあと、コートを脱いだだけの恰好《かっこう》だった。パンツのウエストから上衣の裾《すそ》を引っ張り出して、その内側にティエンの手を導いていく。

ひやりとした指が皮膚に触れただけで、背筋をぞわりとした快感が這《は》い上がる。その快感をやり過ごしながら、ティエンの手を胸元まで移動させる。

長い指が、胸の突起をただ撫でる。同じことを二度、三度繰り返していると、そこが次第に硬く膨《ふく》れ上がっていくのが高柳自身もわかった。

「……智明」

甘い声で名前を呼ばれ、促され、唇を重ねる。薄く目を閉じ、柔らかく触れるだけの優しいキスを戯《たわむ》れのように繰り返す。

「ん……んっ」

唇を軽く啄《ついば》む。軽く食《は》む。それだけでも、気持ちが高揚していき、気づくと舌を絡めている。窄《すぼ》め絡ませる。吸い上げ歯を立て、笑い合う。

「ティエン」

「……なんだ」

「好き」

「俺もだ」

何度も繰り返している会話で、互いに笑顔になる。ティエンは促さずとも高柳の肌を弄《いじ》り始めていた。

高柳は自由になった腕をティエンの首の後ろに回し、本格的に口づけを交わしていく。

口腔内を探り、歯の裏を弄《まさぐ》る。ティエンの舌が探っていくのを真似して、高柳も同じように舌を使う。

濃厚な口づけで体の奥に火を点《つ》けられ、パンツの中で熱くなっていた欲望に、ティエンは布越しに触れてくる。軽く揉《も》まれるだけで堪えられずに腰が揺れてしまう。

「ティエン……フェイが……」

不安な気持ちから、煽ったのも誘ったのも高柳だ。だが同じ部屋でフェイロンが寝ている今、さすがに行為に及《およ》ぶことに躊躇《ためら》いが生まれる。

「わかってる」

ティエンは静かな口調で応じる。

「気持ちよくしてやるだけだ」

細い項《うなじ》に軽く歯を立てながら、ティエンは吐息で囁《ささや》く。

「ティエン……」

「お前は何もしなくていい」

その間も、ティエンは互いの体の間で巧みに手を動かして、二人の欲望を服の中から導き出した。

そこから微《かす》かに覗く龍は、ほんのり赤く染まっている。

ひやりとした外気に触れた高柳の下肢が、ぶるっと震えた。それで萎《な》えるどころか、さらに硬さを増していく。ティエンは二人の欲望を一緒に摑み、優しく上下に扱《しご》いていく。

「……それ、気持ちいい…」

急激な快楽ではなく、少しもどかしさを覚えるような優しい愛撫に、触れ合い、重なり合った場所から、じわじわと悦楽《えつらく》が全身に広がるような感じがする。

「ここ、か?」

先端を指で辿られると、「んっ」と声が溢れた。

「こっちか?」

さらに爪先《つまさき》で弾《はじ》かれ、腰が弾《はず》む。瞬間、頭の中が白くなるが、すぐに意識が戻ってきた。

「そこ……好き」

「こっちも好きだろう?」

巧みな指先の動きに、高柳の体が熟《う》れていく。ティエンとのセックスに慣らされた体は、前への刺激だけでは物足りなさを覚えてしまう。体の奥深くで、ティエンを感じたい。付け根のさらに奥、腰の窄まった場所が、性器への刺激で生まれる快感で、ひっきりなしに収縮を繰り返してしまう。無意識に腰が上がるのを我慢できない。

「ティエン……」

自らそこを擦るように腰を揺らす。

「我慢できないのか?」

耳朶《じだ》に甘く歯を立てられる。皮膚に突き刺《さ》さる歯の刺激も快楽に変化する。

高柳は言葉ではなく、頷きで応じる。

「フェイが起きてもいいのか?」

しかし吐息での問いかけに、高柳は小さく息を呑む。

そっとフェイロンが眠るベッドに視線を向けるが、今のところ目を覚ました様子はない。だが高柳が大きな声を上げれば、起きてしまうかもしれない。

己の欲望と、フェイロンへの想い。

自分に縋《すが》ってくる、愛しい存在。

高柳はぐっと唇を噛んで、溢れる渇望《かつぼう》を堪える。

「……これで、我慢しろ」

いじらしいとも思える様子に、ティエンは高柳のそこへ指を添え、小さな襞《ひだ》を一つひとつ開くように撫でていく。

「ティエン……っ」

「こうされると、気持ちいいだろう?」

「あ……ん、んっ」

ティエンの猛《たけ》った熱いものを挿入されるのとは異なるもどかしい刺激に、むず痒《がゆ》いような感覚が生まれる。

「や、だ……それ」

「これはどうだ」

「……!」

爪先で内壁をひっかかれた瞬間、体が大きく弾んだ。その反動で、ティエンの指が一気に高柳の中へ進む。

「あ……」

「大きな声を上げると、フェイが起きるぞ」

吐息での戒《いまし》めに高柳は、はっと息を呑み、両手で己の口を覆う。そんな高柳の努力を嘲笑するかのように、ティエンは高柳への責めを強めていく。

「あ、あ、あ……っ」

ティエンの手の中で猛った欲望が擦り合わされ、どちらのものかわからないほど混ざり合った愛液が溢れ出す。その蜜で濡れたティエンの手が、より巧みに愛撫を繰り出してくる。

猥雑《わいざつ》な音を発する己の淫《みだ》らな欲望を凝視《ぎょうし》する。コントロールなど効かない感情に、高柳はただただ翻弄《ほんろう》される。

「達……くよ、ティエン……達く……達っちゃう……」

「達け……全部、受け止めてやる、から」

「ティエ……」

溢れそうになる嬌声を、重なってきたティエンの唇がすべて吸い上げていく。深く重なった口腔内で、強く舌を吸い上げられると同時に、ティエンの手が内腿の龍を撫でる。

大切な宝物に触れられるのは、自分と、ティエンだけ。

そう想った瞬間、一気に極みに達する。

「…………っ」

声にならない声が全身を走り回る。

痙攣《けいれん》したかのように全身がびくびく震え、放たれた欲望が、露になった下肢だけでなく二人の服も汚してしまう。

(汚しちゃった……)

目の前がチラチラする。高柳の意識が朦朧《もうろう》とする中、ティエンは余韻《よいん》に浸《ひた》る間もなく、さりげなく後始末を始める。

「ティエン……」

「そのまま俺にしがみつけ」

促されて肩に腕を回した高柳を軽々抱き上げ、バスルームまで連れていってくれる。

「気にしなくていいから、バスタブに湯を溜めてしっかり温まっておけ」

「……ありがとう」

何か手伝おうにも、この状態の高柳は、邪魔をするだけになってしまう。だから言われるままに、おとなしく風呂に入ることにした。

「自己嫌悪だ……」

溜めた湯の中で、立てた膝に額を押しつける。

フェイロンのために、そしてティエンのために何かをしたいと思っても、思いだけが空回《からまわ》りしてしまう。そして結局、ティエンに慰《なぐさ》めてもらって終わることを繰り返している。

力がない自分でも、できることをあるはずだと、必死になって足掻《あが》いてきたつもりでいた。自分なりの戦い方でも意味はあったと思う。でも今日は、明らかに自分の不注意だ。

龍舞を見て、居ても立ってもいられない気持ちにさせられた。衝動に突き動かされて「彼」

を追い求めようとしなければ、フェイロンから目を離さなければ……。「もし」の話をしても意味はないとわかっていても、あのときの感覚がなんだったのか、自分なりに理解する必要があった。

（なんだったんだろう。あの感覚……）

言うなれば熱に浮かされたような、朦朧とした意識の中で体が勝手に動いていた。

恐怖。そして、畏怖。

自分より遥かに年下だろうあの青年。

龍舞のときに覚えた感覚は、フェイロンを連れてきてくれた彼からは感じなかった。

「……考えろ。高柳智明」

高柳は顔を上げ、両の頬をパンと叩いた。

怯《ひる》んだり迷ったりしている余裕はない。自分にすべきことは何か。できることは何か。

考えても悩んでも、最終的な答えはわかっている。

「僕にできることなんて限られている」

ある日突然、空を飛べたりしない。ティエンのように強くなれるわけでもない。

それならば、やはり自分なりの戦い方をするしかないのだ。

「……僕なりの戦い方をするなら、今すべきことは何か」

情報を集めること。現状を知ること。

敵を知ること。

バスローブを羽織って風呂から出た高柳の顔を見て、ティエンは笑った。

「落ち着いたか？」

渡されたミネラルウォーターのペットボトルを受け取り、一口含んだ。綺麗な水が体中を巡っていくのを感じる。

「もう大丈夫。心配かけてごめん」

「あのとき何を感じた？」

ティエンはやはり気づいていた。あのとき、高柳の様子がおかしかったことに。

「……まだ自分でもよくわかってない。だから、もう少し時間をもらってもいい？」

これ以上の返答はできない。高柳の言葉に、ティエンはわずかに表情を曇《くも》らせる。

「無理に抱え込んでたりはしてないな？」

「抱え込んではいる。でも無理じゃない」

屁理屈《へりくつ》だとは思いつつも、事実なのだからしょうがないだろう。

「潰れる前に、助けを求めろ。いいな？」

「努力はする」

「努力？」

「何をすれば潰れるかなんてわからないからね。必死に足掻いて、気づいたら潰れてることもあるから」

「……じゃあ、足掻きだす前に俺に言え」

「何を？　これから足掻くよって？」

「そうだな」

結構、無理な要望だが、ティエンが心配してくれているのは間違いない。ティエンの気持ちは理解していても、はっきり言葉にされる安心感は絶大だ。

もちろんこれまで、互いを思い合いながら、「言わなくても伝わっている」と過信して、距離が空きかけたこともある。そんなことを繰り返した結果が「今」だ。

「髪を乾かしたら、体が冷える前に、フェイロンの横で寝ろ」

頭から被ったタオル越しに、ティエンは濡れた髪を乾かしてくれる。

「そうする」

「明日の朝、ハリーがホテルで合流する。そのまま、フェイロンを連れて香港へ向かうらしい」

「……明日？」

高柳はタオルの隙間《すきま》からティエンの顔を見上げる。

「じゃあ、僕も一緒に行く。飛行機の便、聞いてる？　チケット取れるかな」

「何を言ってるんだ。お前は遊佐からの仕事があるだろう。まだ深センへ向かう日は決まってないんだろう？」

「香港から深センってＭＲＴで移動できるんだよね。だったら先に香港へ行って、連絡あり次第移動する」

遊佐や御須と一緒に渡航する必要はない。だからなんの躊躇《ちゅうちょ》もない。

「忘れてないとは思うが、俺は香港へは入れないぞ」

「もちろんわかってる。だからティエンは別行動で現地で落ち合おう」

あっさり言い放つと、ティエンは呆れたように目を見開いた。

「智明……」

「ティエンは大人。なんでも一人でできるでしょ？　でもフェイロンは違う。昨日、再会したばかりで、もう今日別れるなんて寂しい」

フェイロンではなく自分が。

香港にさえ送り届けられれば、フェイロンの身の安全は保てるだろう。移動するわずかな時間だけでも、フェイロンの心を守りたい。

「さっきまで死にそうな顔してたくせに、切り替えが早すぎないか?」

「痛……っ、暴力反対」

軽く額を指で弾かれて、高柳は体を引くと同時に両手で額を覆った。ティエンはふざけ半分で軽く弾いただけだと言うが、弾かれた方はかなり痛いのだ。これまでに何度かされているが、そのたびに皮膚は赤く染まり、場合によっては青アザができているほどだ。

「実はハリーから打診《だしん》があった。香港まで同行できないか、って。俺は無理だが、おそらく高柳は駄目だと言っても一緒に行くだろうと伝えてある」

いつの間にそんな話をしたのか。誰よりも、それこそ高柳自身以上に、ティエンは高柳を理解しているのかもしれない。

「よくわかってるね」

虚勢《きょせい》を張って上から目線で応じる。

「偉《えら》そうに……とにかく俺は風呂に入ってくるから、お前はとっとと寝ろ」

ポンと頭を軽く叩くティエンの手からは、とてつもない優しさが伝わってきた。

「……ありがとう。おやすみ」

吐息のような高柳の声に、ティエンは手を振ることで応えてくれた。


「そりゃ、あれだろう。裏がある」

朝七時、高柳たちの宿泊するホテルの、朝食を提供するロビーにやってきたハリーは、御須の話を聞いて一番に言った。

デニムにシャツ、レザーコートというラフな格好だが、髪の色と長身のせいか、とにかく人目を惹《ひ》く。

「そうだよな」

ティエンが大きく頷くと、高柳も同意する。

「僕もそう思ってるんだけど……遊佐からの話だしね」

そしてハタと気づく。

「もしかして遊佐、御須さんの言うこと、信じてるのかな?」

「それはないだろう」

ハリーは即《そく》否定するが、一緒に仕事をしたことのあるティエンは微妙《びみょう》な表情になった。

「何、その顔」

高柳は、フェイロンの皿の目玉焼きにソースをかけてやりながら会話に参加する。

「いや……遊佐、なら……あり得る」

「あり得るって、信じてるということか？」

「というか、疑っていない……というのが正しい」

「確かに……昨日の様子からすると、疑ってる様子は見えなかった、かな」

高柳も昨日話をしながら、あからさまに御須に疑いの視線は向けていない。

だが御須のうさん臭《くさ》さは痛感している。

「商社の人間だろう？　深セン開拓《かいたく》のために派遣《はけん》されてて、高柳に頭を下げに来るという段階であやしすぎる」

「その言い方、なんか失礼」

「褒《ほ》めてんだけど」

ハリーは高柳の反応が不本意だったらしい。

「ウェルネスアジア支部の高柳と言ったら、業界じゃ人たらしで有名だからな」

「人たらし？」

高柳は眉間に皺を寄せる。

「あの侯が、高柳には全面的に信頼を置いている。『香港の龍』も『上海の獅子』も、メロメロだ。マレーシアだってそうだ。人たらし以外にないだろう」

そう言いながら、ハリーは蒸《ふ》かしたジャガイモにフォークを突き刺した。イモの立場だったら、咄嗟《とっさ》に「痛い」と声をあげたくなるような強さで。

「人たらしはともかく、なんで僕に頭を下げるのがあやしいわけ？」

「その御須って奴は、深センを探っていてある人物に辿り着いたが、どうにもコンタクトが取れなかった。伝を探してる最中に高柳を知って、その縁をつなぐべく遊佐に話をもっていったんじゃないか」

ハリーの推理《すいり》にティエンは頷きで応じる。

「遊佐という男は、元の所属会社に裏切られたんだろう？　その会社の元上司に高柳を紹介するとか、余程お人好しなのか？」

「遊佐さん曰《いわ》く、裏切られたときには、御須さんはもう転職してたと言ってたけど」

「商社へ引き抜かれたんだろう？　遊佐が陥《おとし》れられた仕事を裏で動かしていた可能性はないか？　ヨシュアですら出し抜かれた件だ」

「……あ」

『ウェルネスマートとの提携話が持ち上がった頃に、私は日宝に転職をしました。そのあとは目まぐるしく日々が過ぎていってしまった、だから……遊佐が大変なことになっていたと知ったのは、すべてが終わってからという有様でした』

遊佐は当時「裏切り者」とされていたという。

そんな状況で、もし本当に遊佐を心配していたのであれば、退職した遊佐の行方を、もっと本気で探さないだろうか?

『何か私にできないかと、その後の消息が知れずに心配していたところ、ウェルネスにいると知ったときには安堵いたしました』

あのとき、微かに覚えた違和感の理由がはっきりする。

だが、誰も信用できなくなっていた遊佐は、元の会社の人が心配してくれたという事実だけで「嬉しかった」という。それもウェルネスに入ったからこそだ。

大栄堂は国内においては安定企業で優良企業だ。その大栄堂から商社への転職は、一般的にはステップアップとみられるだろう。その商社で、かつて頓挫《とんざ》した地域への再進出、それも世界的に注目されている深センの仕事を任されたのであれば、御須は優秀な社員なのだろう。

しゃべり方と、もたらされる雰囲気《ふんいき》から、商社マンぽさを感じなかった。だがそれも、御須の特徴《とくちょう》かもしれない。

「……考え始めたら、何もかもがあやしく思えてきた」

高柳は頭を抱える。隣ではそんな高柳を不思議そうにフェイロンが眺めている。

「まあ、フェイロンを侯さんに預《あず》けたら体は空くから、そっちのほうも探ってやるよ」

ハリーは高柳の肩をポンポンと叩く。

「ハリー……」

「余計な色目を使うなよ」

ハリーと握手《あくしゅ》しようと移動する高柳の手をティエンが遮《さえぎ》る。

「あれ？　嫉妬《しっと》してる？」

「してない」

「牽制《けんせい》しなくても平気だよ。俺には最愛の翼《つばさ》がいるから。知ってる？『虎に翼』って言葉。もともと強いものが翼を得ることで無敵になるという意味があって……」

「ああ、わかった、わかった」

ティエンが無理やりハリーの話を終わらせる。

「御須の言うコネクションが誰を指してるのか、お前は心当たりがあるのか？」

ティエンはすでに食後のコーヒーを味わっていた。

「断定はできないが、一応」

「そうなの？」

大きなサンドイッチにかぶりつこうとして、大きく開いた口のまま、高柳はハリーに顔を向けた。

「ホントに旨《うま》そうに食うな。侯さんが、高柳に会ったらなんでも食べさせたくなると言ってた理由がわかる」

「侯さん、そんなこと言ってたんだ。今度、満漢全席《マンハンチュエンシー》ご馳走《ちそう》してくださいって伝えておいて」

満漢全席とは、高級食材や珍味《ちんみ》を含む様々な中国料理を、二、三日かけて食す宴《うたげ》のことを言う。高級料理や珍味を食べられるだけでなく、それを数日間続けられると考えるだけでわくわくする。

「二、三日も、続けて中華料理食わされるなんて、俺には拷問《ごうもん》にしか思えないけどな」

「俺もだ……」

ハリーとティエンは顔を突き合わせて、うんざりとした表情を見せた。

「冗談は置いておいて」

「え。満漢全席、冗談じゃないんだけど。ねえ、フェイ」

「ね。たかやなぎ、バナナ、食べる」

同意を求めるが、フェイロンは己の欲望にまっすぐだった。求められるままバナナの皮を剝《む》いて、食べやすい大きさに割って皿に置いた。食べさせようとしたがそれは拒まれてしまった。

「成長が嬉しいやら寂しいやら……」

「とにかく、深センに入っても、すぐに一人で動き回ったりするな。少なくとも俺と合流するまでは、ホテルでじっとしてろ。いいな？」

「えー。ティエンが深センに来るのって、いつだっけ？」

「明日だ」

高柳はハリーとフェイロンと、今日の午後の飛行機で香港へ向かい、鉄道で深センに入るが、ティエンは明日の午前の便となった。

現在、日本から深センへ向かう便は多いものの、それ以上に深セン便を利用する人が多いらしい。

結果、高柳が一人でいるのは、ほぼ半日だ。

「それで、その御須さんはいつ深センへ向かうんだ？」

「急遽《きゅうきょ》、今日の便で向かうことにしたらしい」

早朝、御須からメールが入っていた。

「向こうで合流するのはいつだ」

「明日の予定。ティエンが到着するまで待ってる」

「そうか……」

ティエンはあからさまに安堵の表情を見せた。

「ハリーがこっちに合流するのは、どのぐらいを予定している？」

「ティエンが来るのと同じぐらいじゃないか？　確認したいこともあるから」

「そうか」

　ティエンが難しい顔をする。

「そんな小さい子じゃないんだから、心配しないでほしいな。ね、フェイロン」

「ね」

「ああ、本当に可愛い。もっと日本のあちこちに連れて行ってあげたかった！」

　わけもわからず高柳に応じるフェイロンの笑みに、高柳はたまらず抱きついた。

「本当に小さい子なら、器用に一人で歩き回ったりしないけど、この小さい子は知恵《ちえ》も行動力もあるから、何をしでかすかわからないな」

　ハリーはまじまじと言う。

「わかってくれるか！」

　ティエンは共感してくれるハリーの言葉に歓喜《かんき》した。

「浅海も高柳みたいなタイプか？」

「全然。高柳とはマレーシアで一緒に行動したことあるからわかる」

「それって、大概《たいがい》、失礼な話だと思うんだけど……」

自分という人間を理解してくれたのはありがたいが、この反応はかなり不本意だ。

「高柳」

高柳を呼ぶハリーの声は真剣そのものだ。

「行動力があるのはいいことだ。だが今回は、その鉄砲玉《てっぽうだま》みたいなところは、自重したほうがいい」

「鉄砲玉……」

「行ったきり戻ってこない」

「えー」

完全に否定しきれないところが、なんとも情けない。

「たかやなぎ、てっぽーだま？」

心配そうにフェイロンに聞かれて高柳は眉を下げた。

「フェイロン、労《いたわ》ってくれるの？　ありがとう。僕のことをわかってくれるのはフェイだけだ」

「冗談じゃないぞ、智明」

いつもならここで終わるところだが、今日は違った。ティエンはさらに強い口調で念《ねん》を押してくる。

「絶対、おとなしくしてろ。いいな？」

本気の念押しに、高柳も応じざるを得ない。

「わかってる。自分からは動かない」

ただ、巻き込まれたときは動かざるを得ないのだが——内心で思うものの、声にしたら言《こと》霊《だま》になりそうなので、自分の中でとどめることにした。

5

深《シン》セン──かつて二万人ほどの客家《ハッカ》が住んでいた小さな漁村《ぎょそん》は、一九八〇年に経済特区に指定されてからというもの、香港《ホンコン》から地続きであることもあり、北京《ペキン》、上海《シャンハイ》、広州《クワンチョウ》市とともに「北上広深」の一つとされ、急速に世界有数の経済都市へと進化した。

深セン市は、中心地とされる福田《フーティエン》区をはじめ、十の行政区と特別合作区からなっている。

中国各地から人が集まったため、共通語と称される普通語が使用されている。中国のシリコンバレーとも称されるこの都市に、高柳《たかやなぎ》が足を踏み入れるのは初めてだった。

当初の予定と異なり、香港からは新幹線《しんかんせん》で移動した。久しぶりの香港のグルメを味わいたい気持ちをぐっと堪《こら》え、西九龍《クーロン》駅まで移動して、深セン行きの電車のチケットを購入した。

香港側で行列に並ぶ人とともにイミグレーションを済ませ、目的の電車に乗れば十五分ほどで深センに到着する。

「西九龍駅、もっと見て回りたかった……」

WiFiも完備されている近代的な巨大《きょだい》な駅で、空港のような空間が広がっていた。

「中国来るの、いつぶりかな」

アジア担当とはいえ、中国以外を回ることが多かったため、観光ではなく仕事で訪れたのは久しぶりだった。

だから、深セン福田駅を出た瞬間、眼前の光景に息を呑《の》んだ。

深センの中心地ともいえる福田区は、ビジネス街だ。

一際《ひときわ》高いビルは、平安国際金融中心という。

高さ六〇〇メートル。上海タワーの六百三十二メートルには及《およ》ばないものの、現在、国内二位の高さを誇《ほこ》るという。

「鉛筆《えんぴつ》みたいな先端で有名なのか。なるほど」

高層《こうそう》タワーといえば、夜になると壁面《へきめん》が広告になることで有名な京基《けいき》一〇〇や春のたけのこと呼ばれる、中国政府系コングロマリットの、華潤《かじゅん》グループのビルが有名だ。

ほかにも三〇〇メートルを超えるビルが、ここ深センにはいくつも建っている。

「煙《けむり》となんとかは高いところが好きっていうけど、ここまで来ると高さは正義だな。さて……どうしよう」

フェイロンとはホテルでの朝食後から、別行動を余儀《よぎ》なくされた。フェイロンの身の安全のためで、フェイロンには高柳が同じ飛行機に乗っていることも秘密にしていた。高柳の本質を見極めているだろうフェイロンには、意味がないかもしれないものの、もしものため変装《へんそう》ではないが、キャップを深めに被《かぶ》り、普段は身に着けないレザージャケットを着ていた。ちなみにティエンセレクトなのだが、それなりに似合っていて高柳自身も驚《おどろ》いている。

それはそれとして。

大半の荷物はティエンに預《あず》けたため、高柳の荷物は背負ったリュックひとつだ。地図を確かめたところ、宿泊予定のホテルは駅からも近い。比較的大きなホテルで安心感もあった。

「とりあえずチェックインだけ済ませて、ご飯食べに行こっかな」

有言実行の高柳は、急ぎホテルでチェックインをするついでに、近くにあるお勧《すす》めの店を聞いてみた。ここはあえて英語を使う。

「牛肉が好きなら、ここがお勧めです」

メモに書かれた店は、有名な牛肉火鍋《ひなべ》の店らしい。

店をスマホで検索《けんさく》してみる。

「うわ。めちゃくちゃ美味しそう」

口コミの評価も高い。アップされた写真を見ているだけでも食欲が刺激される。

即決《そっけつ》で向かうことにするが、ふと不安が生まれてしまう。大人しくしているように約束させられたが、食事に行くなとは言われていない。

昨今《さっこん》、一人で行くのはなんら問題ないだろうが、高柳の気がかりはそこではない。

一人では食べられる量が限られている。ということはつまり、食べられる種類も限られるということ。

美味しければ、またティエンと行けばいいだけのことなのだが、二度目がない場合、後悔《こうかい》しないためにも、効率よく食事したい。

「鍋は複数で食べるべきか……他の店にしようか」

一瞬、諦《あきら》めかけるが、目にした「切りたての高級肉」という文字に心を奪《うば》われてしまう。

「うーん……どうしよう」

大げさにその場で頭を抱えてしゃがみこんでしまった。

と、目の前に立ち止まった人が声をかけてきてくれる。我関《われかん》せずの個人主義者の多い土地柄《がら》にしては珍《めずら》しいことだ。

「没事《メイシーバ》?」

「不要担心《ブーヨウタンシン》」

どうやったら美味しい鍋料理を食べられるか悩んで、しゃがみこんでいたなんて、言えるわけもない。高柳は照れくささを覚えながら、顔を上げかけて動きを止める。

相手も同様だ。立ち上がるのを助けるように伸ばしかけた手が、高柳の顔を認識した途端《とたん》に止まった。

「え」

刹那《せつな》、心がざわつく。

次いで全身が総毛《そうけ》立《だ》つ。

「……あ」

「なんで？　え？　ここ、深センだと思ってたけど、実は中華街《ちゅうかがい》だった？」

その場を取り繕《つくろ》おうと、次から次に意味不明な言葉が零《こぼ》れ落ちてくる。そんな高柳をじっと見つめているのは、中華街で龍珠《りゅうじゅ》を操《あやつ》っていた青年だ。あのときと同じで黒のブルゾン、黒のパンツと黒衣に身を包み、やけに落ち着き払《はら》ったその様子を見ていたら、慌《あわ》てた自分が恥ずかしくなった。

「そんなわけないよね。ごめん。ちょっと取り乱した」

高柳は手を借りずに自力で立ち上がって、服を整えてから改めて現実に目を向けた。

ここは日本の中華街ではない。まぎれもなく深センの中心地だ。そこにどういう事情かは知らないが、中華街で何者かに攫《さら》われかけたフェイロンを助けてくれた青年がいた。

「わー、すごい偶然《ぐうぜん》」

あれこれ突っ込みたいところだが、色々と棚《たな》に上げて、まさに棒《ぼう》読みで驚きの言葉を口にする。

「本当に偶然です」

ぼそりと返されて、申し訳ない気持ちになる。

(改めてまじまじと見ると、この子、結構、整った顔してるな)

細いので見過ごしがちだが長身で、黒縁《くろぶち》の野暮《やぼ》ったい眼鏡《めがね》と、長い前髪で隠《かく》された顔はすっきりとしていて鼻筋《はなすじ》も通っている。微《かす》かに見える目も大きそうだ。

それから何より、声がいい。高柳好みだ。高すぎず低すぎず甘い声色《こわいろ》をしている。それから、身体能力も抜群《ばつぐん》なのだろう。舞《まい》のときのしなやかな動きは脳裏にしっかり刻《きざ》まれている。

(なのに、この全体的な野暮ったさはなんだ)

着ている服の生地《きじ》やラインから、仕立ての良さは感じられる。靴《くつ》もそうだ。背負ったリュックもアウトドア系で、人気のあるブランドのものだ。

姿勢も悪くない。

(髪型と眼鏡か)

ちょっと整えれば、かなりモテるだろうにと残念に思う。

「ちょっと驚いちゃって、引き留めて悪かった。どこかに行く途中だったんだろう。もう行ってくれていいよ」

「いえ」

高柳が促すものの否定される。

「いえって何が？」

「どこかに行く途中じゃないです」

「旅行してんじゃないの？」

「いえ……旅行ではありません」

「……ということは、ここに住んでるの？」

「今日から」

「――今日、から？」

驚きすぎて唖然《あぜん》とする高柳の問いに、彼は頷《うなず》きで応じた。

前回とは別の意味合いで頭の中が真っ白になる。

（落ち着け。まずは事態を整理しよう）

ゆっくり深呼吸して。

「要するに君は、今日、日本からここ深センに引っ越してきたってこと？」

「はい」

（すっごい偶然だね！　なんて平和に笑えるか！）

さすがにこの展開をただの偶然と思えるほど、高柳は無知ではない。なんらかの繋《つな》がりがあるのだ。だが、高柳はこれも棚上げする。

今の自分には優先すべきことがあった。

「腹減ってない？」

「……まあ」

「じゃあ、よかったらランチつき合ってよ。一人ではちょっと食べづらい料理なんだ。潮汕大目牛肉火鍋城っていう火鍋の店」

「……はい」

感情の起伏《きふく》が少ない青年の腕を摑《つか》んで、高柳はいざ目的の店へ急ぐ。


だが、簡単に店へ辿《たど》り着けないのが高柳である。わずか数ブロックで、方向感覚がなくなってしまう。右へ回って左に折《お》れて、同じ場所を何度か回って、最終的には青年が自分のスマホの地図を使って目的地まで連れて行ってくれた。

近代的なセンスの良い外観とインテリアで、天井が高くフロアも広い。スタッフもみな、綺《き》麗《れい》なユニフォームに身を包み、身のこなしも上品だ。

フロアは六人ほどが座れる席に仕切られ、そのほとんどが埋《う》まっている。

タイミングよく空《あ》いた席に案内されて、やっと人心地《ひとごこち》つける。

「助かったー、ありがとう」

「いえ」

大げさに喜んで感謝を述べるが、青年のテンションは変わらない。

「無理やり連れてこられて怒ってる?」

「いえ。来てみたかった店なので、ありがたかったです」

珍しく、応諾《おうだく》以外の言葉が聞けた。

「知ってる店だった?」

「はい」

頷く。

「有名な動画サイトで絶賛《ぜっさん》されてたので、深センに来たら機会があれば行きたいと思ってました。俺一人じゃ行けないとも諦めてましたが……」

「動画サイトで絶賛されてたんだ。知らなかった」

新しい土地を旅行するとき、常に土地の美味しい物を徹底的《てっていてき》に調べる高柳だったが、時間的な問題とフェイロンのこと、さらには馴染《なじ》みの中国だからと事前の調査を怠《おこた》っていた。

「君に声をかけてよかった。じゃあ、飲み物はビールと……コーラ? あとは、お勧《すす》めの料理を教えて」

「ええと……これと、この辺りを。辛《から》いの大丈夫ですか」

示されたスープは真っ赤だった。

「無理」

顔の前でバツを作って、無難《ぶなん》な鍋のスープを二種選び、具材をセレクトする。

「つけタレは好みで、自分でタレのバーでセレクトします」

青年につれられてタレバーの前に立つと、気持ちが高揚《こうよう》する。

ソース、ゴマ系、辛み、香草。好みで如何様《いかよう》にもタレが作れるのだ。

「日本にも海鮮《かいせん》系の火鍋の店が進出してます。そこもこんな風にタレを選びます」

「それは僕も知ってる。なるほどー」

お勧めの組み合わせが紹介されていたが、高柳はあえて自分セレクトタレを調味した。

席に戻ると注文した飲み物と摘《つ》まみ、鍋の具材が運ばれてきた。

「俺、やりますよ」

高柳が具材を鍋に入れようとすると、青年が率先《そっせん》して準備を始めてくれる。

「手際《てぎわ》いいね」

「中華街で働いてたんで……」

「そうなんだ」

慣れた様子で具材を鍋に入れていく様《さま》を見ていた高柳は、肝心《かんじん》な話をしていないことに気付く。

「ごめん。今さらだけど、名前教えてくれる？」

何もかもが勢い過ぎて、互いに自己紹介していなかった。

「僕は高柳智明。いい年した大人。ここには仕事で来たんだ。君は？」

「冬至《とうじ》です。御須《みす》、冬至」

告げられる名前を聞いた瞬間、高柳の頭の中で大きな鐘《かね》が鳴り響《ひび》く。

（ビンゴだ）

もしかしたらと思った。だが逆にそんな偶然があってなるものかと否定してもいた。でもこうなると否定したくてもできない。目の前の青年は、遊佐《ゆさ》から紹介された御須の息子なのだ。

『私自身は今回を機に、深センでしばらく過ごすことにしたので、息子を一緒に連れていくことをご了承《りょうしょう》願います』

（そういえば、言ってたな。息子一緒に連れて行くって………）

「冬至くんか。何歳？　一人で来たわけじゃないよね？」

「高校卒業しました。深センには父親と来たんですが、空港で別れました」

（御須さん、どこか行ってるのか）

「お母さんは一緒じゃないの？」

「――母はいません」

不用意に家族の話題に触れてはならなかった。

「ごめん！　単なる好奇心《こうきしん》で聞いただけなんだ」

「別に構いません。物心ついたときから、母はいないので」

食べ頃になった具材を、冬至はこまめに高柳の皿に分けてくれる。

「肉、どんどん入れていいですか？」

「うん。もちろん。冬至くんも食べて」

「ありがとうございます」

冬至は余計な遠慮《えんりょ》なく、言葉どおり自分の皿にもしっかり肉を運ぶ。

「俺、生まれはここで。日本に行ったのは中学生のときでした」

何を話したらいいのかわからず黙々《もくもく》と肉を食べていたら、冬至が空気を察して口を開いてくれた。

「六年ぶりの深センはどう？」

「ビルが増えてます」

かつて住んでいた人でも同じことを感じるのか。

「子どもの頃にこちらに住んでいたなら、日本でカルチャーショック受けなかった？」

「少し。でも、中華街で働いている母親の親戚《しんせき》の家で過ごしていたから、それほどは……」

「……親戚の家？」

父親と一緒に過ごしていたわけではないのか？

「父親は最近まで俺のことをよく知らなくて……。呂天佑《リュティエンヨウ》とずっと呼ばれてました。御須冬至は、父だけが呼びます」

「ごめん。また余計なことを聞いた」

高柳は箸《はし》を置いて両手を顔の前で合わせる。

「謝らないでいいですよ。俺が勝手に話しているので」

「でも……」

「高柳さんは、前世《ぜんせ》って信じます？」

「……前世？　生まれる前のってこと？」

突然に話が飛躍《ひやく》した。

「俺、数年前に前世みたいなものが蘇《よみがえ》ってきて……正確には前世というか、役割というか……

自分でもよく説明できないんですが、漠然《ばくぜん》とした想いみたいなのが、突然生まれたんです」

思いつめた様子ではなく、あくまで淡々《たんたん》と食事を続けながら、肉が旨《うま》い、野菜が旨いというように前世を語る。

「その話を父に……したんです。母のこととか覚えていないから、もしかして父ならわかるかと思って。滅多《めった》に顔を合わせないんですが、たまたま会ったとき、ちょっとその力を出したんです。そうしたら」

「そうしたら？」

「色々聞かれたんです。今の高柳さんみたいに」

「え、ごめん」

咄嗟《とっさ》に謝ってしまう。

「謝ってほしいわけじゃなくて」

お互いに笑い合う。

「父さん、父はどんどん俺の話に食いついてきて、すぐにでも深センへ行こうと言われたんです。でも俺は学校があるし……すぐには無理だから、高校卒業のタイミングならってことになりました」

一瞬。意識していなければわからない程度の一瞬。冬至の声色《こわいろ》に喜びが混じった。

「父さんとちゃんと話せたのは、そのときが初めてだったんです。力のことも親戚と友達にはちょっとだけ話したけど、実際の力を見せたわけじゃなかったんで、ネタだと思われて信じてもらえなくて。それこそ中二病だって揶揄《からか》われたりしました。だから父さんが信じてくれたのが嬉《うれ》しかったんです」

さらに口調が明るくなる。本当に嬉しかったのだろう。

「親戚にはよくしてもらっていましたし、友達もいますが、でも正直なところ、日本は俺の故《こ》郷《きょう》ではないとずっと感じていて……蘇った記憶のこともあって、深センへ戻ってくることにしました」

行くのではなく、戻る。

冬至の心の内の言葉に胸が締めつけられる。

「……蘇った記憶がどんなものか、差し支えなければ聞いてもいい？　お父さんに見られた力とか。ちょっと、興味あって」

とどまるべきか進むべきか悩みながらも、一歩進むことを選んだ。

「記憶という記憶じゃないんです。力も。あの……玄武《げんぶ》って知ってますか？」

（ああ、やっぱり）

「中国の四神の？」

中国の神話において、天の四つの方角には、それぞれを守る神、霊獣《れいじゅう》がいるとされている。東の青龍《せいりゅう》、南の朱雀《すざく》、西の白虎《びゃっこ》、北の玄武《げんぶ》。古代中国に始まる自然哲学《てつがく》の思想である。玄武は北方を守護《しゅご》する水の神とされる。色は黒だ。長寿《ちょうじゅ》と不死の象徴《しょうちょう》でもある。

「そうです、霊獣で。亀《かめ》。頭の中で、自分は玄武なんだって……頭おかしくなったのかと思いました。具体的に亀になったわけでもないんですが……腹の底のほうに、強い力があって……実際、俺、舞踊《ぶよう》やってたんですが、その日からめちゃくちゃ強くなって……」

こんな大切な話を自分が聞いてもいいのか。

「着る服も……黒しか着たくなくなって……でもそのぐらいです。あとはちょっとだけ、悪い人がわかるとか、たまに眩《まぶ》しい人が見えるとか、そのぐらいで……」

「悪い人……って、もしかしてフェイロンを助けてくれたのは……」

「龍舞のとき、やけに眩しい人がいると思ってたんです」

ずっと手元の皿に向けられていた視線が、高柳を見た。

「僕?」

「高柳さんたちのいる場所。多分、皆さん。特にあの……フェイロン、くん。金色に見えました」

「金……」

想像したらなんだか笑えてきた。

「なんか似合いそう。キラキラだもんね、フェイ」

楽しくなってしまう。高柳の反応に冬至は少し驚いたようだ。

「気味《きみ》悪いと思いませんか」

「どうして？　むしろ見えないものが見えるのが羨《うらや》ましいけどな」

この程度で驚いていたら、今まで生きてこられなかった。

「まあ、日々何もかもが金色に輝いていたら、生活に支障《ししょう》は出るかもしれないけど、ちょっと羨ましいとも思うな。悪い人が事前にわかれば、対処《たいしょ》のしようがあるし。あ、もしかして食べ物とかでもわかる？　賞味期限《しょうみきげん》過ぎたもので、食べたらお腹壊《こわ》しちゃうとか、食中毒《しょくちゅうどく》になるとか。それはわかったらありがたいけど……って、なんで笑ってるの？」

ほとんど表情が顔に出ない冬至が、声を殺してはいるものの大笑いしていた。

「さすがに、食べ物のいたみはわかりません」

「そっか。それは残念」

本気で残念がったのだが、さらに笑いのツボにはまったらしい。腹を抱《かか》えて、堪《こら》えられずに声を出して笑いだした。

「残念って……」

「そんなに笑うことか」

そこから打ち解けたのか、冬至は子どもの頃から太極拳《たいきょくけん》を習っていたことや、深センに住んでいた当時、一緒に住んでいた祖父《そふ》だという人から龍舞を教わったことを教えてくれた。

「おじいさんは、今も深センにいるの？」

「多分。日本に行ってから一度も連絡を取っていないので、よくわからないんです。ただ前に住んでいた土地を売ったらしくて、すごい資産があるはずだと父は言っていて……」

（客家《ハッカ》だったのかな）

冬至の話から、父親の御須が誰を探しているのか、具体的な内容が見えてきた。

「父には……カードの数字当てを見せました」

「トランプのカードの裏から数字がわかるってこと？」

「そうです。ほぼ確実に。失くしたものを見つけるのも得意です。あと……やったことないですが、ロトとかのくじもわりと当てられます」

高柳は思わず生唾《なまつば》を飲み込む。

「それはすごい」

「たまたま親戚が買ったロトくじがあって……実はもう結果が出ていたものだったんですが、全部当てたんです。もちろん、もう結果が出てたものだったから、それを知ってたと言い訳したんですけど」

「ホントは知らなかったんだ」

「はい」

「それから、ロトやってる?」

「いいえ」

先ほどまでの饒舌《じょうぜつ》さが嘘《うそ》のように、また冬至は亀が手足を甲羅《こうら》に隠《かく》すがごとく、己《おのれ》の中に籠《こ》もっていく。

「実はさっき会ったの、偶然じゃありません」

覚悟を決めたように冬至は話し始める。

「何もすることがなくて街に出てみたら、眩しい光と暗闇《くらやみ》が混ざり合っていて気持ち悪くなってたんです……でも、そんな中に、知ってる柔《やわ》らかい光があって、もしかしたらと思って歩いてたら、高柳さんに会えました」

泣き笑いのような表情。

その顔を見て高柳は理解した。

初めて会ったとき、無性《むしょう》に知りたいと思った理由——ティエンに似ているのだ。強大な力を持ちながら理解されず、孤独《こどく》で投げやりになっていた、若い頃のティエンに。

当時のティエンのほうが拗《こじ》れているうえに、捻《ひね》くれていたが、気質的なものは非常に似通っている。

「お願いがあります」

箸をテーブルの上に置き、両手を膝《ひざ》の上に置いて頭を下げてくる。

「祖父の居場所を一緒に探してくれませんか。仕事で来ているんですよね？　忙しいのはわかってます。だから、少しだけでいいです。観光案内するついでとか……六年で変わってしまってるけど、前からあるものもあるし」

「それで、一緒に探すことになるの？」

「うまく言えないんですが、高柳さんとは一緒にいるだけで、頭の中がはっきりするんです。あの……力があると言っても、使おうと思って使えることは少なくて……さっきまでは本当に頭が重くて気持ち悪かったのに、高柳さんの顔を見た瞬間に、雲が晴れるみたいに頭の中がクリアになりました。今の状態だったら、昔のことを思い出せるような気がしていて……」

どんどん声が小さくなっていく。

冬至が嘘を言っているとは思わない。玄武の力というのも、具体的なことは何もわからないが、本当なんだろう。

ただ、自分が冬至にもたらす力については疑わしく思う。

一緒にいたところで、何もできないのに、と。

「ひとつ、教えてくれる？」

「はい」

「君の瞳に、君のお父さんはどう映っているの？」

冬至は弾《はじ》かれたように身震《みぶる》いしたあと、開いていた唇《くちびる》を一文字《いちもんじ》に引き結ぶ。膝の上でぎゅっと両手を握《にぎ》り締め、視線をさ迷《まよ》わせている。

（駄目《だめ》だな。これは）

「いいよ」

高柳は話を切り上げるべく、両手を軽くパンと打った。

「あの」

「今日だったら時間あるんだ。せっかくだから深セン観光したいと思ってたし、夜ごはんも一人で食べるの寂《さみ》しいから、そこまでつき合ってくれる？」

「あの、えっと」

「誘《さそ》ったのは冬至だよ。答えは『はい』か『いいえ』。あとはもし覚えてるなら、前に住んでたとき食べてた美味しいもの教えてくれたら嬉しい。どうかな？」

「……はい、もちろんです」

（僕、約束破《やぶ》ってないからねー）

誰に言うでもなく、高柳はつぶやいた。

6

食事を終えた段階で、二時を回っていた。

夕食を終える夜九時をタイムリミットとした。食事をする時間を考えれば夜七時までとなり、正味五時間が観光のための猶予《ゆうよ》だ。

「五時間となると、あまり余裕ないですね。どうしようかな……」

生真面目《きまじめ》な冬至は真剣《しんけん》に悩んでいた。

「観光って意識しなくていいよ。冬至が行きたいところに連れて行ってくれればそれで十分。子どもの頃に遊んだ公園とか、美味かった料理屋さんとか」

「公園はさすがに……」

冬至は苦笑するが、「そっか」と何かに気づいたような顔になる。

「見せたい場所は、二つあります」

「じゃ、そこに連れてって」

「ただ西と東の端《はし》っこすぎて、五時間で回るのはちょっと大変なんです。だからどちらがいいか選んでもらえますか？」

「わかった。具体的に東の見どころを教えてくれる？」

「老街《ラオジェ》と言われる、香港に近い方です。小吃《シャオチー》の有名な屋台が沢山あります。西は蛇口《シューコウ》です」

老街は香港近くの場所だ。

「深センに来るとき、香港経由《けいゆ》にしたから、一応、周辺は見てるんだ。だからせっかくなら、蛇口の案内をお願いしたい」

香港から深センへ向かう方法のひとつとして、フェリーでの移動がある。

イミグレーションの混雑を思い出すと、フェリーで移動するのもありだったと思う。

「蛇口は、俺が日本へ行った頃から急速に発展したらしいです。今どうなってるか、俺もすごく興味があります」

「じゃ、蛇口に決定！」

地下鉄福田駅から蛇口までは一本で行けるうえに、深セン各地に網《あみ》の目のように張り巡《めぐ》らされた地下鉄の二号を使えば、所要時間は一時間はかからないようだ。

ちなみに乗り方は中国の電子マネーをスマホに入れていれば、ミニアプリの追加で簡単に利用できる。

他はほぼ日本と同じだと思っていたが、違うところがひとつ。簡単ではあるが、荷物検査が行われる。

そうして辿り着いたホームも、入ってきた地下鉄も、とにかく新しくて綺麗だ。

利用者も圧倒的に若い人が多い。

「来了《ライラ》、就是深圳人《ジューシシェンチェンレン》」

思わず口をつく言葉に冬至が興味を示す。

「深圳人ってなんですか」

「知らない？　ちょっと前に有名になった歌だけど」

世界の工場と称され、急速に発展した深センには、中国全土から人や物が集まった。同じ中国でも、土地が違えば人柄《ひとがら》も価値観も異なる。だが深センへ集まれば同じという寛容《かんよう》さと仲間意識が、この言葉を生み出したのだろう。

「深セン人……っていい言葉ですね」

冬至の表情が穏《おだ》やかになる。

蛇口港は、そんな深セン人が多く生まれるきっかけとなった場所でもある。

世界の工場と称され、中国のシリコンバレーと呼ばれるように至った場所――。

『I LOVE SK』。この場所を象徴するオブジェが、最初に目に入ってきた。

ちなみに『LOVE』の部分は赤いハートになっている。

「せっかくだから、一緒に写真撮《と》ろうよ」

他の観光客に交じって高柳が冬至を誘う。だが冬至は躊躇《ちゅうちょ》した。

「俺は……」

「冬至は元々深センに住んでいたし、また戻ってきたんだから、深圳人だろう？　その記念に、ほら！」

「あの」

高柳は己のスマートフォンを手にして、冬至と肩を組む。

「ほら。ポーズして。やっぱりピース？」

スマホの画面には、高柳と冬至、そして背後にオブジェがちゃんと入っている。

「それじゃポーズ！」

自撮りは得意なのだ。

シャッター音のあと、撮った写真を確認する。そこには満面《まんめん》の笑顔を見せる高柳と、躊躇しながら小さくピースを作った冬至が映っていた。背景にはしっかりオブジェが映っている。

「いい写真！　冬至にもあげるよ。ＳＮＳ交換しよ」

有無を言わさず互いのＩＤを交換して、高柳は今撮った写真を冬至に送った。

「あとは……ハリーと、ティエンに。えいっ」

と、送信した直後、すぐにメッセージが到着した音がする。

条件反射《じょうけんはんしゃ》でスマホを操作した高柳は、表示された文章を目にして笑ってしまう。

『なんでそいつと一緒にいる？』

「……返信早すぎ……えっと『偶然』。送信」

今回も送信してすぐにまた返信がある。

『嘘を吐くな』

「嘘じゃないんだけどなあ……」

このまま質問攻めに遭《あ》うのは容易に想像できる。

「『詳しいことは明日会ってから』で、送信」

かつ、そこでスマホの電源を落とす。

（ごめん。明日ちゃんと怒られるから）

顔を合わせたら、連絡がつかなったことで文句を言われるのは間違いないが、とりあえず今はティエンを相手にしている場合ではなかった。

（もちろん、心配してくれるのはありがたいんだけどね）

最近は少しその度合いが過剰《かじょう》なのだ。過保護《かほご》という言葉の範囲は越えている。もちろん、その理由は高柳自身が作っているだろう自覚はある。

心配してくれるのはありがたいし、心配をかけていることを申し訳ないとも思うと同時に、もう少し信頼してもらいたい気持ちも芽生《めば》えている。

(結婚したせいかなあ)

薬指の指輪と、首にある指輪。

高柳の中には、指輪によって、これまで以上の安心感が芽生えた。だがティエンは逆らしい。

(安心させようと思ったんだけどなー)

「……さん、高柳さん」

名前を呼ばれてはっとする。冬至が心配そうに高柳を見ていた。

「大丈夫ですか?」

スマホを眺めて百面相《ひゃくめんそう》しているのが気になったのだろう。

「あ、ごめん。大丈夫。明日、深センに来る人に写真送っただけ」

「お友達ですか?」

「ううん、パートナー」

第三者に相手のことを話すとき、なんと呼ぶといいのか悩む。「相方」もありだが、なんとなくお笑い芸人をイメージしてしまう。結局、自身も納得できる呼び方に、高柳は頷きながら左手を冬至に見せた。

「君も会ってる。中華街で会った眼鏡の男」

「……あ！　あの小さい子は……」

「フェイはパートナーの甥《おい》っ子《こ》。ほぼほぼ僕の息子みたいなもんだけど……って、何、その顔」

「すごいですね。そんなにお若いのに」

（ん？）

「いくつに見えてるのか知らないけど、そんなに若くないよ、僕」

「二十二、三歳ぐらいじゃないんですか？」

真顔で言われてしまう。

「まさか」

「最初は大学生かと思ったんです。でも仕事でと言うから、じゃあ卒業して一、二年ぐらいかなと思ったんですが」

「君の力では、さすがに年齢はわからない？」

「……嘘を吐《つ》かれていたら、なんとなく雰囲気《ふんいき》はわかると思うんですが……」

「今の僕は、嘘吐いてる？」

わざと煽《あお》るように聞くと、冬至は高柳の目をじっと見て「いいえ」と首を左右に振った。

「実年齢は想像にお任せするけど、これでも米国《アメリカ》の流通チェーンのアジア支部で、香港でも上海でも仕事してて、今は脱サラしてベトナムを拠点《きょてん》にしてるよ」

「え……」

「深センに来たのも仕事だし」

高柳の説明に冬至はさらに目を大きく見開いた。

「え？　じゃあ……」

「ただ、今回の滞在《たいざい》予定は一週間だけどね」

冬至が期待に満ち溢《あふ》れた表情になるのがわかって、高柳は先に伝えておく。

「そう、なんですか」

あからさまに下がっていくテンションが、なんともわかりやすい。

「それより、ここに連れてきてくれた目的はオブジェを見て終わり？」

「……一応」

「そっか。じゃあ、ビジネスマンである僕から、新たな観光ガイドを。この珠江《チューチャン》を挟《はさ》んだ西側はどこかわかる？」

「珠海《チューハイ》……ですか」

「そう。港珠澳《ガンジューアオ》大橋で香港澳門《マカオ》と地続きとなった都市。その珠海と深センは深珠通道でダイレクトで繋がることになってる。高速道路と高速鉄道でね。さらに深センの大セン湾には、某巨大企業が購入した人口島のネットシティ構想がある。あのあたりかなあ」

高柳はおよその方角を指差した。

真っ赤な太陽が海へ沈《しず》もうとするタイミングで、海も赤く染まっていた。

東京ドーム四十個分という規模に人工都市を作り上げるのだという。米国の有名建築会社が手掛けていて、世界の大企業がその土地へ進出するという。

鉄道と道路は地下に沈め、人々は徒歩や自転車で生活をするという。この都市計画を発端《ほったん》に、他の企業も新たな人工島を建築予定だと聞く。

「空想の近代都市は、空想ではなく現実になろうとしている。君がこれから住む深センは、そんな都市だよ」

冬至の父、御須の所属《しょぞく》する日宝《にっぽう》が、確実に出遅れ感はありながらも、再度深センへ進出の手がかりを模索《もさく》しているのも、こういった大規模計画が、今もこの都市では同時にいくつも進行しているからだ。

「深圳人……」

高柳が教えた言葉を小声で呟《つぶや》く冬至の顔も、夕焼けに染まっていた。これからの深センを担《にな》うのは、まさに冬至たちだ。

「それじゃ、次、どこを案内してくれる?」

高柳が声をかけると、冬至ははっとする。

「……ここは真逆の場所でもいいですか？」

「真逆？」

「高柳さんと話をしていて、子どもの頃の記憶が蘇った場所があるんです。今来た道をほぼ戻ることになるんですが、そこへ行ってみたくて」

高柳と話をしていると、ぼんやりとしていた頭がはっきりしてくるのだと冬至は言っていた。

「もちろん。どこか聞いてもいい？」

「福田の城中村《ジャウツゥー》です」

「城中村？　知らないな」

馴染《なじ》みがない言葉だったので素直に言うと、冬至は目尻《めじり》を下げた。

「高柳さんでも知らないことがあるんですね。なんか安心しました」

冬至は言葉どおり安堵《あんど》したように笑う。

「なんで安心するのかな。知らないことばっかりだよ。教えてもらってばかり。知らないことはこれから知っていけばいいんだ。もちろん、自分なりに勉強をしたうえで。で、城中村って何？」

「わかりやすい日本語だと……スラム街です」

この深センになんとも不似合いな単語だが、高柳はその説明で思い出した。

「ああ……そういえば何かで読んだ」

大きな括《くく》りでは確かにスラム街だが、ここ深センの城中村はかなり意味合いが異なっている。不動産価格上昇前からこの土地に住んでいる人々は、とある時期までは国からわずかな金で払い下げられた家を所有していた。その後、都市の再開発で土地を売買する際には、土地の急激な価格上昇で巨額《きょがく》を手にすることになる。

それこそ冬至の祖父《そふ》の話は、まさにこのパターンに当てはまるだろう。

一方、当然のことながら深センに住む人は、巨額の富《とみ》を得ているエリートだけではない。様々な職種、人種がこの都市を支えているが、彼らは高家賃のマンションには住めない。

そんな人々が選ぶ場所が、城中村と称される区域だ。

急速に拡大する都市域で、周囲の農村が次々に都市に取り込まれる中、様々な理由で周辺を高層《こうそう》ビルに囲まれた、ある意味、都市化から取り残された「都市の中の村落」が生まれてしまう。それが「城中村」だ。

航空写真でもわかる、周囲とは趣《おもむき》が異なる区域だが、深セン福田区崗厦《ガンシャー》村の城中村は、いわゆるスラムのような無法地帯ではない。むしろ東京の下町のような、温かさが感じられる区域が、深セン市内には千か所以上存在する。

村の手前には巨大な門があり、そこへ一歩足を進めた途端、時代が急激に過去へ遡《さかのぼ》ったような空気感がある。中心地からさほど離れていない限られた区域に、何百もの七、八階建てのアパートが建ち並んでいる。

「思ってたよりも整然としてるな」

狭い場所に建物がひしめき合い、雑然とした窮屈《きゅうくつ》さや、混沌《こんとん》とした雰囲気は、やけに馴染みがある。

アジア独特の混沌感が、ここには残っている。近未来都市・深センもいいが、高柳自身はこういう猥雑《わいざつ》な空気がすごく好きだった。

「治安は別として、香港の九龍みたい」

思い浮かべるのは、香港が魔都《まと》と称されていた頃の象徴的建造物群だ。

九龍城の砦《とりで》のあった地域に難民が住みつき、バラックなどが建てられていった。その後も鉄《てっ》筋《きん》コンクリートやペンシルビルが建て続けられた結果、迷路《めいろ》のような都市が出来上がった。

行政権も及《およ》ばず、売春、薬物、売買、賭博《とばく》が行われる無法地帯には、犯罪者《はんざいしゃ》やマフィアなどが住みついた。

香港返還《へんかん》のため、取り壊《こわ》しが決まる一九八七年まで、九龍と暗黒街《あんこくがい》は密接《みっせつ》に繋がっていた。

とはいえ、九龍に足を踏み入れたことはない。すでにバラックは取り壊され、再開発が行われたため、ただ九龍という名前が残っていたのみだ。

「冬至くんは、九龍なんて知らないでしょ?」

「いえ、知ってます」

予想外の返答だ。

「祖父が言ってました。九龍から逃げてきた人間が、深センにはいると」

「なるほどね。冬至のお祖父《じい》さんなら、色々知ってるんだろうね」

「そうだと思います」

十中八九、父親の探しているコネクションも同じだろう。冬至の父は、おそらく玄武に繋がる何かを探しているのだ。

(やばいなー。どうして僕はこんなに引きがいいのかな)

この場合は悪いと言うべきか。

(まあでも明日、ティエンとハリーと合流するまで、何事も起こらなければ問題はないんだけども)

起こった場合が非常に面倒くさい。

「この家、友達が住んでました」

そんな高柳など関係なしに、先を歩いていた冬至は、細い路地《ろじ》の右側の建物を見上げる。

「ほんと？　当時と同じ？」

「多分……あの部屋のベランダから顔を出すと、すぐ隣の家の人と顔が合ったりして……それこそ握手《あくしゅ》できるぐらいのアパートを、握手房《あくしゅぼう》と呼ぶんです」

「握手房ばっかじゃん……」

見上げても、空はわずかしか見えない。人一人歩くのが精いっぱいの道幅《みちはば》を、自転車や住民たちが行き来する。

遠くでは、子どもの甲高《かんだか》い声も響《ひび》いている。

「確か、この奥に祖父の行きつけの店があって……」

記憶が鮮明《せんめい》になるのだろう。冬至の歩く速度が速くなる。細い路地がそれこそ迷路のように入り組んでいるため、ちょっとよそ見をしていると、すぐに後ろ姿を見失いそうになる。

自慢《じまん》ではないが、高柳は天才的な方向音痴《おんち》だ。

とにかく道幅が狭いうえに曲がり角も一定の角度でないため、ただでさえ弱い方向感覚がさらに狂《くる》ってくる。高さが八階までに規制されているため、空はかろうじて見えるが、他の目印にできる建物は見えない。

「あ、ちょっ……」

右に曲がり、すぐ先を左に入る。冬至に迷いがないせいで、追いつくのもギリギリな中、突然、前の路地からバイクが出てきた。

「小心《シャオシン》、危険《ウェイシャン》」

怒鳴られて一瞬足を止める。だがバイクはスピードを緩めることなく走り抜けていった。

「危ないのはどっちだよっ」

と、怒鳴った瞬間、ハタと気づく。視線の先に冬至の姿がない。

「やば。見失った」

慌てて前後左右を見回すものの、どちらに向かったのかわからない。冬至は冬至で目的の場所を探すのに必死で、高柳がついてきていないとは想像もしていないのだろう。

「冬至くん。どこー？」

まださほど距離は離れていないだろうと、大きな声で呼んでみる。

「冬至くーん！」

闇雲《やみくも》に歩いても迷うだけだ。だから、とにかく同じ方向に三度回ることを心掛けて歩いてみた。

しかし、歩けば歩くだけ訳のわからない状況《じょうきょう》に陥《おちい》ってしまう。

さすがに高柳でもわかる。

「これはやばいかも……」

スマホを取り出して地図を見ようとするが、ティエンからの連絡を避《さ》けるため、電源を落としていたことを思い出す。

「あーもう……こういうときに限ってティエンは余計なことを……」

電源を落としたのは自分なのだが、とりあえず責任転嫁《てんか》しながら電源を入れる。

立ち上がるまでのわずかな時間がやけに長く感じられる。

「ロゴなんていいから……」

この間にも冬至と離れてしまう。焦《あせ》りながらもやっとのことでスタート画面が表示され、いざ、先ほどＩＤを交換したＳＮＳを起動した。それなのに。

「……あれ？」

表示された『圏外』の文字。

「なんで？」

咄嗟《とっさ》に手を高く掲《かか》げてみたり、建物側に寄ったり、逆に離れたりするが結果は変わらない。

建物が密集しているせいで、電波が不十分なのかもしれない。いざとなればスマホで連絡が取れると思っていた安心感が一気に消え失せる。

おまけに、先ほどまで空から差し込んでいた日差しがなくなり、夜の帳《とばり》が訪れていた。

街灯も少なく、戻ろうと思っていた道がどれかもわからない。己の存在すら、暗闇に溶《と》けていきそうな感じがする。

子どもたちの笑い声や生活音も聞こえない。闇に何もかもが吸い取られていくように思えた。自分の声も。

高柳はその場に立って、己の掌《てのひら》を見つめる。そこにあるのは感覚としてわかっても、実際にあるのかがわからない。

（どうしよう……このまま外に出られなくなったら……）

ひやりと背筋に冷たいものが流れた次の瞬間、辺りを漂《ただよ》う空気に突き刺《さ》さるような感覚が生まれる。伸《の》しかかる圧《あつ》。空気の中の酸素《さんそ》が薄《うす》くなる——。

「迷ったのか？」

突然、はっきり聞こえてきた、しゃがれた低い男の声。

暗闇にぼんやりと浮き上がる白髪《はくはつ》。皺《しわ》の濃《こ》い顔。その場に立っているのはわかるのに、なぜか首から下がよく見えない。

ということは、そういうことだと認識して、驚きの気持ちは棚《たな》上《あ》げにして、高柳は平然と応じる。

「そう、みたいです」

「みたい、というのは？」

「本当に迷ったのか、それとも何かに誘われて迷わされたのか、よくわからないので」

方向音痴だという自覚はあっても、スマホすら圏外の今のこの状態《じょうたい》は普通ではない。

冬至との出会いから、すでに何かに導かれているのかもしれない。

だから、半ばやけくそに返答する。

「僕が今、ここにいるのは貴方《あなた》のせいですか？」

「肝《きも》が据《す》わってるのう。わしが誰かもわからんのに、そうやって平然としていられるのは大したもんじゃ」

しゃべり方のせいか、仙人《せんにん》のように思えてきた。

「おぬし……香港の、じじいを知っているか」

「色んなじじいにさんざん会ってきたから、どの人のことを言ってるかわからないです」

おそらく、香港で出会ったティエンの祖父のことを言っている。だが自己紹介をしてくれない相手からの問いに真面目に答える義理はない。

「ふぉふぉふぉ、そうかそうか。なるほどな」

仙人が笑うたび空気が揺れて、張り詰《つ》めていたものが緩《ゆる》んでいく。

「何を一人で納得してるんですか」

「おぬし自身には大きな力はないが、おぬしは周りに力を引き寄せることができるんじゃな。光も影《かげ》も善も悪も」

「嬉しくないです」

もう色々お腹いっぱいなのだ。これ以上、何も起きてほしくない。

「当人が望もうと望まざろうと集まってくる。それだけおぬしは美味《うま》そうな存在なんじゃ。そこでどちらに取り込まれるかは、おぬしの心根《こころね》次第じゃ」

「心根だったら、僕は目いっぱいポジティブな人間なんで、心配いらないです」

相手が見えないから強気に出る。

「面白い人間だな」

仙人みたいな男は嬉しそうに笑う。

「面白くなくていいです。それよりここはどこですか。道がわからなくて……。スマホの電波も入らないんです」

半ばキレた状態で訴《うった》える。

「元に戻してください。もしくは、戻る方法を教えてください」

語調が強くなる。

「わしがおぬしをここに引き寄せたわけじゃないんだがな……」

「誰が呼んだとか誘ったとか、どうでもいいです。とにかく僕は僕の場所に帰りたいんです」

「そこに、一筋《ひとすじ》の光が生じる」

元々、曖昧《あいまい》だった仙人みたいな存在が白いもやになる。同時に人の輪郭《りんかく》も感じられない闇《やみ》が、

「黒」色に変化していき、伸ばされた指の先が見えた。

「迷うことなく突き進め。さすれば結果もついてくる」

「占いじゃあるまいし……」

示される指先に促《うなが》されて振り返ると、先ほどまで暗闇だった先に光が見えた。

ビルとビルの間から差し込む月の光が、高柳の前に道を作り出す。

「わかりました。ありがとうござい……」

礼を言うべく振り返った先は、行き止まりだった。そこには誰もいない。

「……あれ？」

驚きながら足を前に進めると、ぴちゃりと水音がする。先ほどまでなかったはずの小さな水たまりができていた。

目を凝《こ》らすと、ほんのり赤色が混ざっているように見える。

「なんだ、これ」

「高柳さん！」

突然、後ろから名前を呼ばれた。

「冬至く……」

当然、冬至かと振り返ったが、そこで動きを止める。

「やっぱり高柳さんだ」

耳馴染《なじ》みのない、落ち着いた感じの男性。誰だろうかと考えて振り返った高柳の前に、濃いグレーのスーツ姿のその人は、小走りにやってきた。

「ああ、やはり高柳さんだ」

「……御須、さん……」

顔を見ないで聞いていたら、驚くほどに声が似ている。間違いなく冬至は御須の息子だ。

「もしかしたらと思って声をおかけしたのですが、お会いできるとは驚きです。こんな場所に、どうしたんですか？」

初めて日本で会ったときと変わらない、物静かな空気。でもその空気こそが変だということが、今はわかる。

「同じこと、聞き返してもいいですか？」

「え？」

「御須さんは、どうしてここにいるんですか？」

一つひとつの言葉を区切って、はっきり御須に伝える。高柳の問いに御須は慌てる風もなく応じる。

「実は妻《つま》が元々こちらの生まれでして。その親戚に挨拶《あいさつ》するために来ていたんです」

「……そうなんですか」

「それで、高柳さんは？」

「僕は観光です」

「観光？　こんな場所に？　お一人で？」

「いえ。知人の案内で。はぐれてしまったんですが……」

御須の後ろ、遠くのほうに、高柳を見つめる目があった。

彼は二人の間にいる父親の存在に気づき、こちらに来ようとする。だが高柳はわずかな視線の動きで、冬至を制止する。

（こっちに来るな）

冬至なら、高柳の心の声が聞こえるはずだ。何か言いたげな様子を見せるものの、覚悟を決めたように唇を引き結ぶ。そして一旦《いったん》、踵《きびす》を返しかけるが、そこでまた体をこちらに向けてきた。

「高柳さん！」

そしてこれまで聞いたことのないような声で、高柳の名前を呼ぶ。それこそ御須が驚いて振り返るぐらいの大きな声だった。

「どうしてお前が高柳さんと……？」

「携帯電話を落としたのを拾ってくれて、深センに詳しいと言うので、僕が無理に観光を頼んだんです」

冬至が返答する前に、高柳はその場で考えた作り話をする。そしてさらに無理やり続ける。

「御須さんは冬至くんと、お知り合いなんですか？」

あえて下の名前で呼んで、苗字《みょうじ》は知らないのだとアピールする。と、眉間《みけん》に寄せられていた皺《しわ》がなくなり、目尻が下がった。

「今話した親戚の子どもでして……冬至。ずっと連絡していたのに何をしていた？」

高柳に対する口調と、冬至に対するものではまったく異なっている。

「――すみません」

「理由はあとで聞く。先に帰っていなさい……」

「はい……」

冬至は素直に父親の命令に従う。

「高柳さん、すみません。冬至は家の事情がございまして、観光のご案内の途中とのことですが、ここで帰宅させていただきます。案内の必要があれば私が……」

遊佐を含めて顔を合わせたときから、この男の笑顔には違和感《いわかん》を覚えていた。その感覚はここで見ても変わらない。

「いえ。大丈夫です」

高柳はきっぱりと断る。

「見たい場所には連れて行っていただけましたし……あと」

高柳のスマホが絶妙《ぜつみょう》なタイミングで、着信を知らせる振動を始めていた。

「ちょうど仕事の電話がかかってきましたので」

すぐに電話に出ようとするが、そこは御須も食い下がってくる。

「せっかくですから、電話のあとで構いませんので、深センの美味い店にご案内をさせていただきたいところですが……」

「予定どおり、明日、改めてお会いできればと思います」

こういう輩《やから》は隙《すき》を見せたら負けだ。高柳は毅然《きぜん》とした態度を貫き、軽く会釈《えしゃく》をして、名前も確認せず着信に応対する。

「高柳です」

潜《ひそ》めた声で応じながら、迷いなく歩いていく。

(ここで迷ったら、また元の木阿弥《もくあみ》だ)

案内すると言い出しかねない。だから高柳は記憶を総動員して、適当に電話に応じながら、とにかく御須から見えなくなる場所まで必死に歩き、城中村の手前の門までたどり着いたところで、やっと大きく息を吐きだした。そして電話の向こうで誰かが叫《さけ》ぶように話しかけていることに気付いた。声を聞いて、それがハリーだと理解して安堵したのも束の間《つかのま》。

「玄武が死んだ」

告げられた事実で、電流が流れたように全身が震えあがった。

7

「玄武こと、呂志豪《リョスーハオ》は深センの客家の元締めの立場にあったが、九十を越える年齢ゆえに、ここ数年はかなり言動があやしくなっていたらしい」

高柳がチェックインだけしたホテルの部屋に戻るタイミングでやってきたハリーは、かなり疲《つか》れている様子だった。

デニムにスウェットというラフな格好《かっこう》だと、実際の年齢よりも若く見える。

「フェイロンが狙《ねら》われたのは、呂の統制力《とうせいりょく》が失われていくことで、将来に危機感を覚えた深セン内のごく一部の過激派《かげきは》によるものだ。本格的に香港や上海と争うつもりはないらしい」

「にもかかわらず、フェイロンに手を出すって、相当、強気じゃない?」

「それだけフェイロンの力を恐れている輩が多いということだろう、実際、呂の死亡が明らかになったことで、すぐに侯《コウ》さんを通して黎《ライ》家へ正式な謝罪《しゃざい》があった」

「ふうん」

どういった解決方法を選ぶかは侯次第だろう。

「それで、呂の後継者《こうけいしゃ》は?」

「非常に独占欲《どくせんよく》の強い男で、正式な妻はなく、愛人との間に何人か子どもを設けたが、今生きているのはすべて女児だけだと言われていた」

今「生きて」いるという表現をするからには、女児以外の子もいたということだ。

「最悪」

高柳は思わず本音《ほんね》を口にする。

「でも、言われて『いた』だけで、実は後継者がいたわけだ」

肩を竦《すく》めた高柳は、己のスマホに一枚の画像を表示させる。

「御須冬至。彼でしょう」

「高柳から冬至と一緒に撮った写真が送られてきたとき、なんの冗談かと思った」

「それを言いたいのは僕だよ。意図したわけじゃないのに……水いる？」

顔だけ洗った高柳は冷蔵庫を開ける。

「一本くれ」

ミネラルウォーターのペットボトルを二本取り出すと、一本をハリーに手渡す。

「それで、御須さんは自分の息子が呂志豪の血を受け継いでいると知って、ここで一発逆転が可能かと思ったわけか」

「孫《まご》じゃない。息子だ」

ハリーは炭酸入りの水をぐっと飲んでから、高柳の言葉を否定する。

「だから、御須さんの息子でしょ？」

「冬至は志豪の息子だ」

「え……」

高柳の脳裏に、今日、一緒に過ごした青年の言動が蘇ってくる。

「息、子？　御須さんと奥さんとの子じゃなくて？」

「志豪と、御須の妻の子、だ」

「うわあ……え、ちょっと待った」

ものすごく嫌なことに気づいてしまう。

「もしかして、御須さんの奥さんって……」

「志豪の子だ」

ハリーに肯定《こうてい》されてしまい、高柳はものすごく嫌な気持ちになる。嫌な気持ちどころではない。凄《すさ》まじいほどの嫌悪感《けんおかん》を抱《いだ》いてしまう。

「その話、誰がどこまで知ってる？」

「志豪当人と、今は亡き御須の妻――」

「ハリーが知ってるってことは、御須が知ってる可能性はあるってことか」

御須は最初から、冬至が己の息子ではないと疑っていたのだろう。ただ、本当の父親が誰かはわかっていなかった。

しかし、志豪が父親だと確信を得た段階で、息子への態度を豹変《ひょうへん》させた。

いや、今日の冬至への態度を見る限り、豹変はしていないのだろう。ただ、利用価値があると知ったことで、完全無視の状態から必要最低限の会話を交わす関係へ変化した――のかもしれない。

いずれにせよ、胸糞《むなくそ》の悪い話だ。

「遊佐は人が良すぎる」

自分に御須を引き合わせた遊佐のことを思って遠い目をする。

というより、それだけ大栄堂での裏切りが、遊佐の心を傷つけたのだろう。結果、あのときの自分を信じてくれたという人づての情報で、御須を信用した。生まれたばかりの雛《ひな》が目の前の動くものを親と信じるように。

そんな遊佐だから、ヨシュアとうまくやれているのだろうし、ヨシュアもまた遊佐を愛しく思っているのだろう。

「冬至は今の段階では、己の本当の素性《すじょう》は知らないということか……」

叶《かな》うなら、一生知らないでいてほしいところだが、御須の出方次第でどうなるのか。

そこまで考えて、肝心《かんじん》なことを聞いていないことを思い出す。

「今更《いまさら》だけど、志豪の死因は病死？　老衰《ろうすい》か」

「表向きは」

「……他殺か」

と言ったところで「あ」と短い声が出る。

「どうした。何か気づいたことがあるのか？」

「志豪の写真、ある？」

「ああ。侯さんから送られてきた」

ハリーは自分のスマホを操作して、画面の写真を高柳に見せる。

「……あー」

「あまり写真を好まなかったらしく、これでもましなほうらしい」

不鮮明《ふせんめい》だからこそ、高柳の記憶の中にある顔と一致する。

暗闇にぼんやりと浮き上がる白髪。皺の濃い顔。城中村で遭遇《そうぐう》した仙人のような老父。

あのときすでに死んでいたのか。

「……多分だけど、殺したの、御須さんだ」

「どうしてそう思う？」

「一番は志豪の資産。あとは、深センでの力のため。冬至が後継者なら、どうとでもできると思ってるんじゃないかな」

あとは。

「冬至は、『玄武』らしいから」

「……はあ？」

それまで冷静に高柳と会話していたハリーが変な声を上げる。

「誰が、そんなことを……」

「冬至、本人」

ある日突然、人智《じんち》を超えた力が備わってしまったら人はどうするのだろう。

フェイロンは生まれたときから、すでに『龍』の力の欠片《かけら》のようなものが備わっていたように感じられる。こちらの言うことを理解しているにもかかわらず言葉が少し遅いのは、きっと言葉の必要性を感じていないからだ。

言葉にせずとも、彼の意図は「伝わっている」。

ティエンもかなり幼い頃から、己が龍であることを自覚していた。

先生もそうだ。レオンも、そしておそらくハリーも。

「冬至は具体的にどんな力があるんだ？」

「善悪がわかる…みたい。あと、予知……」

御須が志豪を本当に殺したのであれば、冬至にはそれがわかってしまう。

さらに未来を感じられるとしたら、彼の父親が何をしようとしているのかわかってしまう。

体がぶるっと震えた。

「……ハリー。やばいかも」

高柳が言うのとほぼ同じタイミングで、ハリーは電話をしていた。今この深センで人を動かせる侯のところに。

高柳は残っていた水を飲んで一度大きく息を吸う。まだ確定ではない。下手《へた》に動いて刺激してはならないと思うものの、手遅れになるのは避《さ》けたかった。

(どうしたらいい、ティエン……)

ティエンが深センへ来るのは明日だ。それまでの間にどうすべきかを相談したい。だから電話をかける——。

コールが一回、二回、そして三回目で回線が繋がる。

「ティエン……っ!」

『智明。この間、俺とした約束を覚えているか?』

高柳が話を始める前に、ティエンが口を開く。明らかに口調が怒っている。

「ごめん。お説教なら後でいくらでも聞くから、今はちょっと急ぎの相談に乗ってくれないかな」

『俺との約束は守らないくせに、自分の要求は通せるなんて都合のいいことがあると思うのか？』

この場にいないティエンは、今の深センの切羽詰《せっぱつ》まった状況《じょうきょう》を知る由《よし》もない。だからといって一から説明するのも難しいし、正直面倒くさい。

「ごめん。僕が悪かった。一段落したら、なんでも言うこと聞くから、今はちょっとこっちの話を優先してくれないかな」

必殺あざと攻撃《こうげき》。なんだかんだ文句を言いながら、ティエンは高柳に甘い。それをわかったうえで、おねだりをするのだ。ちなみに高柳はこういうとき、強烈な色香がだだ漏れになっていることに、気づいていない。

『なんでもと言ったな』

「言った言った。なんでもする」

とにかく話を進めたい高柳は、適当に相槌《あいづち》を打った。

「言質《げんち》取ったぞ」

不思議《ふしぎ》なことに、満足そうなティエンの声が、電話からだけでなく、直接聞こえたような気がしてしまう。

「まさか、ね」

「何が、まさか、なんだ？」

今度は間違いなく、直接ティエンの声が高柳の耳に届いた。実に不機嫌《ふきげん》そうな表情の男が、ソファに座る高柳の隣に立っていた。

見上げた視線の先にあるのは、間違いなくティエンの顔だ。トレンチコートを羽織《はお》った男は、耳に押し当てていたスマホをポケットに突っ込み、空いた手で高柳の腕を引っ張り、立ち上がらせる。

「ちょ、ティエン、なんで？　深センに来るの、明日の予定じゃなかっ……っ」

高柳は最後まで言うことはできない。

次から次に溢れてくる言葉ごと、重なってきたティエンの唇に飲み込まれていった。

「……っ」

深いところで舌を絡《から》められ、かなり乱暴に口腔内《こうこうない》を探られる。

「ん……んっ！」

抗《あらが》おうとする両手を胸の間で摑まれ、上から覆《おお》いかぶさるようにして唇《くちびる》を貪《むさぼ》られる。

こういうときのティエンのキスは、まさに貪るという言葉が相応《ふさわ》しい。

重なった唇から、高柳のすべてを吸いつくしてしまいそうな吸引力《きゅういんりょく》がある。

心も体も性欲も体力も精神力も。

すべて吸い尽《つ》くされて、残されるのは高柳智明という人間の殻《から》のみ。

いつもなら、そんな体に注がれるティエンの精で、新たな命を得るところだ。

だが今はそんな余裕はない。

高柳は懸命《けんめい》にどろどろに蕩《とろ》けそうになる理性の形状を留め、両手でティエンの胸を押し返す。

必死な高柳の表情を見て、ティエンは余裕の笑みを浮かべる。

「お前があんな写真送ってきたせいで、ゲイリーに裏から手を回させた」

「え？　あの写真見てから手配して間に合ったの？」

写真を送ったのは蛇口からだ。あのとき何時だっただろうかと、咄嗟《とっさ》に頭の中で計算していると、ハリーが隣で「そんなわけないって」と笑う。

「違うの？」

「裏から手を回したのは事実だろうが、さすがにあの時間から、深センまで来られるわけない」

ハリーの指摘《してき》で、高柳はティエンに視線を向ける。

「もっと前から、今日中に来られるチケット手配してたんだよ。高柳には話してなかったんだろうけど」

「お前が余計なことを言わなければ、智明は信じてたのに」

「……嘘、なのか」

ハリーが言うように冷静に考えれば、さすがにどれだけの手を尽くそうとも、あの時間から飛行機のチケットを手配するのは難しいだろう。だがティエンに当然のように言い放たれると、不可能を可能にしそうに思えてしまうのだ。

「このじゃじゃ馬は、しっかり俺が手綱《たづな》を握ってないと、どこで何をしでかすかわからないからな」

「鉄砲玉《てっぽうだま》の次はじゃじゃ馬？」

「糸の切れた凧《たこ》だと言われるよりはマシだろう？」

「操作できずに、どこへ飛んでいくかわからないってこと？」

「どこをほっつき歩いているのかわからないという感じだな」

「……信用ないな、僕」

「実際、余計なことに足を突っ込んでるだろうが」

こめかみに拳《こぶし》をぎりぎりと押し当てられる。

「ティエン、痛い……って。余計なことに足を突っ込んでること自体、否定はしないけど、今回は不可抗力だよ」

弁解する。

「ったく……トラブルメイカーなのは持って生まれた性質か――。それで、ハリー、何が起きてる？」

ティエンはハリーに確認する。

ハリーは、高柳にも伝えた話を要点をかいつまんで、深センの呂、玄武の話、そして御須との関係性を説明してくれる。

「中華街での出会いは壮大《そうだい》な伏線《ふくせん》か」

「僕に言われても知らないよ」

遊佐が話を持ってこなければ、深センに向かうこともなかったのだ。

「それで、お前は何を焦《あせ》ってる？」

「このままだと冬至くんが、志豪殺しの罪《つみ》を着せられて殺されちゃう」

高柳は自分の考えを言葉にする。だがティエンは首を傾《かし》げる。

「そうか？　俺は逆だと思うんだが……」

「逆？」

「実際に父親を殺されたのは誰だ？　誰が誰を憎《にく》んでる？」

改めて問われて高柳は小さく息を呑む。

志豪を殺したのはおそらく御須だ。その罪を冬至にかぶせる必要性はあるか？

御須が深センの力が欲しいなら、冬至は生かしておくべきだ。

「御須は妻を寝取った志豪を憎《にく》んでる。志豪の血を引く冬至のことも憎んでるはずだ」

「だが、誰よりも深センの力を欲している」

確かにそうだ。

そして、ティエンの問いを考える。

誰が誰を一番憎んでいるのか。

答えは、父を殺された子。

つまり、冬至。

冬至は己の父が誰か知らずとも、幼い頃に祖父と過ごした記憶はある。

そんな冬至は善悪がわかるのだという。ということは、父が、正確には父だと思っていた男が、祖父、実際には己の本当の父を殺したこともわかる。

もとい、知っている。

「あ……」

城中村で御須と高柳が対峙《たいじ》したとき、こちらを振り返った冬至はきっと、御須が何をしたのか理解したのだ。

「どうしたらいい？」

「おそらく、すぐ動いたりはしないだろう。タイミングを計っているはずだ」

「なんのタイミング？」

「冬至が御須を殺すタイミング」

高柳はひゅっと息を呑む。

「俺もティエンと同意見だ」

ハリーが立ち上がる。

「侯さんは……どっちの味方？」

「敵味方の話じゃない。客家は裏切り者を許さない」

彼らの場合、どちらが裏切り者になるのか、高柳には判断ができなかった。

「とりあえず俺は周りを固めておく。予想外のことが起きるようであれば呼んでくれ」

「ハリー……」

高柳の声は、自分でも情けないと思うほど弱々しかった。

「余計なことを考えず、己の信じる道を進めば大丈夫だ。面倒なことは、俺とティエンに任せておけ」

「……ありがとう」

高柳の頭を軽くポンと叩《たた》いて、ハリーは部屋を出る。

二人だけ残されたことで気が緩んだのか、高柳はその場に膝《ひざ》から崩《くず》れ落ちていく。

「あ、れ……」

なぜか体に力が入らない。

「大丈夫か？」

そんな高柳の体をティエンは横抱きにすると、ベッドの上に下ろしてくれる。

たった一日だ。その一日にあまりに多くのことが起きたせいで、もう心も体もパンク寸前《すんぜん》だった。

「ティエン……僕は余計なことをしようとしてるのかな……」

両手で己の顔を覆《おお》う。

「ハリーも言ってただろう？　お前はお前の信じるように動けばいい」

「……ティエン」

「少し休め」

高柳が覆った手ごと、ティエンに優しく頭を撫《な》でられると、強烈な睡魔《すいま》が襲《おそ》ってきた。

8

その名前のとおり、龍山《ロンシャン》墓園は深セン市の墓地《ぼち》であり、一平方メートルの価格が中心地のマンション価格と等しい。

生きていても死んでからも、とにかく深センで暮らすのは「高い」。

しかし、深センが小さな漁村に過ぎなかった頃からこの地に住んでいた呂は、墓地も一際《ひときわ》大きかった。

「墓地を待ち合わせ場所に指定するとは、変わっていますね、高柳さんも」

黒スーツ姿の男たちとやってきた御須からは、日本で会ったときの雰囲気は消え失せていた。欲望は丸出しで、穏やかな様子も感じられず、敬語は使われていても口調もかなり強めだ。

「ここなら、周りに迷惑をかけないだろうと思ったので」

スーツ姿の高柳はどうにか平静を装《よそお》い、御須に応じる。ティエンは一歩下がった場所で、存在を消して立っていた。

「話をする前に、昨日の彼はその後どうしましたか?」

「ああ、ご心配なく。高柳さんにお気遣いいただくような者ではありません」

顔色ひとつ変えることなく、あっさりと言い放つ御須に、高柳は激しい嫌悪感《けんおかん》を抱き、体の横で強く拳を握る。

「息子さん、じゃないんですか」

震《ふる》えそうになる声で、懸命に言葉を吐き出す。

「……何を言って……」

御須が知らぬふりを通そうとした。だがそんな御須を嘲笑《あざわら》うかのように、飛んできた銃弾《じゅうだん》が御須の頬《ほお》を掠《かす》めていく。

「……っ」

一瞬、何が起きたのか御須は理解できなかったようだ。そんな御須の横を、再び銃弾が飛んでいく。

「何事だ！」

御須が頬を触った瞬間、連れてきていた男たちが一斉《いっせい》に銃を高柳に向けてきた。ティエンはそんな高柳を庇《かば》うように、前に立ちはだかった。

「御須さんが繋がりたいと探していた人物ですが……」

特に何事もなかったように高柳は話を続ける。

「九十歳を超える方でしたが、昨日、何者かに殺されたそうです」

「……そう、ですか」

高柳の態度が変わらない以上、御須も下手に手が出せないらしい。互いに拳銃を相手に向ける異常な状態で話し合いが続く。

「あまり驚かれていませんが、ご存じだったんですか？」

「あ、いえ。もちろん、驚いています――高柳さんが、その事実を知っていたことに」

嘘を吐き続けるのをやめることにしたのだろう。御須の声色《こわいろ》が変わった。

「実は昨日、高柳さんをご案内したというあの男が、呂氏の命を狙ったんです」

「……どうしてですか」

「わかりませんが、金目当てじゃないですかね」

「そう、ですか」

高柳はゆっくり息を吐き出した。

「昨日、僕を案内してくれていた彼は、御須さんの息子さんだと思っていたんですが、僕の認識の誤《あやま》りでしょうか」

ゆっくり息を吸う。

「それから、墓地を指定した理由は、御須さんが会いたかった呂氏が、ここに眠ることになるからです」

高柳の発言と同時に、ティエンの手に握られた拳銃が、御須に向けられる。御須と御須の連れてきた男たちの手にあった武器は、一瞬にして現れたハリーたちに奪《うば》われていた。

「……何を……」

「もう一つ。遊佐を通して日宝に確認を取ったところ、御須という社員は昨日の段階で懲戒解雇《ちょうかいかいこ》になっているそうです」

「そんな、ばかな」

「この状態で、日宝に居続けられると思っていたことがびっくりです」

高柳は肩を竦める。淡々《たんたん》と語る高柳の様子が、御須の気に障《さわ》ったらしい。

「貴様は一体何者だ。どうしてこんなことができる」

「わかっていて、遊佐を通して僕に話をしてきたんじゃないんですか？　裏には裏のやり方があるんですよ。知ってますよね？　玄武に成り代わろうとされていたんですから」

「何を……」

「あと、目には目を、歯には歯を、というのも、この社会の慣習でしたね。玄武の命を奪った貴方《あなた》は、次の玄武に命を奪われても文句は言えません。そうだよね、冬至」

高柳が語り掛けることで、背後に隠れていた冬至が姿を見せた。

「……なぜ、おまえがここに」

明らかに狼狽《うろた》えた御須の様子に、冬至は眉《まゆ》ひとつ動かさない。

「僕の友人が、とある場所に囚《とら》われていた彼を見つけ出して、解放したんです」

昨夜《ゆうべ》のうちに、ハリーが深セン内の御須のアジトをすべて洗い出していた。そのひとつひとつを虱潰《しらみつぶ》しに探った結果、地下牢《ちかろう》のような場所に幽閉《ゆうへい》されていたのだ。

「さっき、二発、御須さんの頬を掠めた銃弾は、彼が放ったものです」

口を開こうとしない冬至の代わりに、高柳が説明する。

「冬至が？　銃など触ったことのない奴にできるわけが……」

「貴方と日本へ行く前、祖父に教え込まれている」

そこで冬至が自分から理由を話す。

「呂、志豪から、か……」

冬至は日本に行く前、祖父の元で次代の玄武となるべく、本人も知らず英才教育を施されていた――らしい。そんな様子はまったく見せなかったので、高柳も気づかずにいた。

だが、遙か後方から頬寸前を掠める銃の腕は、一日二日で身につくものではない。

(罪作りだな、あのじいさん)

高柳は内心ため息を漏らす。

「とりあえず、あなたが何を企《たくら》んでいたのかはわかりませんが、あとは知り合いに任せます。

冬至もそれでいい？　お父さんだけど」

あえて高柳は「父」だと言う。

「冬至……父さんのことを引き渡したりしないだろう？」

しかし、同情を引こうとする御須に、冬至は冷たい視線を向ける。

「この男は、俺の父親じゃありません」

そう言い放って話を終わらせる。

「冬至！　お前は父親を売るのか。それでも息子か。冬至！」

ハリーが手を回していた男たちがどこからともなくやってきて、往生際《おうじょうぎわ》の悪い御須を連れていき、車に乗せた。

その様子を見送って初めて、冬至は拳銃の引き金に添えていた指を外《はず》し、銃口をゆっくり地面に向けて下ろす。冬至の前まで移動した高柳は、その手から拳銃をもらう。

「高柳さん……」

御須に向けていた体温の感じられない鋭《するど》い瞳《ひとみ》は消え、震える声と同じように高柳に向けられた瞳が揺れている。

泣き出しそうな冬至の頬を高柳は優しく撫《な》でた。

「大丈夫。君は何も悪くない」

「でも……」

「君の立場や力を利用しようとした奴らにこそ、罪がある」

高柳は、ハリーや侯の手配した男たちによって捕らえられた御須に視線を向けた。喋《しゃべ》れないよう口は布《ぬの》で覆われ、手は後ろ手に捕らえられている。

「父……あの人は、どうなるんですか」

「知らないし、知る必要はない」

高柳はあえて突き放した言い方をする。

「あの人は、冬至の人生において、ほんの一瞬すれ違っただけの、縁《えん》のない人だから」

父を殺害《さつがい》した人でも、数年間、親として育ててくれた人でもない。思い出すことで辛《つら》くなるのであれば、なかったことにしてしまえばいい。完全に忘れることはできずとも、忘れたふりはできる。

「これから、どうすればいいんでしょうか」

「君にその気があるなら、いくらでも手助けする。僕じゃなくて他の人だけど」

途中まで喜ばせておいて、最後に突き放したせいで、冬至は目を見開いたまま、がっくりと肩を落とした。

「高柳さんは面倒みてくれないんですね……」

「そりゃそうだよ。僕、一般人だから」

真顔で高柳が言った瞬間、冬至だけでなくティエンも、少し離れた場所にいたハリーも呆《あき》れたような表情になった。

「一般人ってのは、拳銃を向けられたりしないぞ」

「一般人というのは、命を狙われたりしないんじゃ？」

ティエンとハリーの言葉に冬至が強く頷《うなず》いた。

「冬至まで、そっちの味方するのか」

高柳は頬を膨《ふく》らませ、唇を尖《とが》らせる。

「何かあればいつでも連絡して。できるだけ力になるから」

「何かなくても連絡します」

間髪《かんはつ》入れずに答える冬至の様子に、ハリーは肩を揺らす。

「ライバル出現か？」

「違うよ」

ハリーの揶揄《やゆ》を高柳は真顔で否定する。

「フェイロンと同じ。インプリンティング」

高柳はそう言うが、冬至は「違います」と小声で呟《つぶや》き、笑顔で首を横に振った。

「何が違うの？」

問いかける高柳に、冬至は「なんでもありません」と答えた。


「あの程度じゃ、お前の相手にもならなかったな」

ホテルの部屋に戻ったティエンは、高柳の着ているものを当たり前のように脱《ぬ》がせていく。高柳もされるがままに任せている。

昨夜、ティエンにあやされ、かろうじて数時間眠ったものの、そのぐらいでは疲弊《ひへい》した心と体は回復していない。

こういうときは何も考えられなくなるぐらい、ティエンに抱いてもらって、気絶《きぜつ》するように眠りたい。

「御須さん？　そうだね……何がしたかったのかよくわかんないな」

ちょっと欲を出した会社員だった。その程度の欲と覚悟では、この社会でやっていくのは無理だ。

「冬至もどうなるかな。侯さんが面倒みてくれるみたいだけど……」

客家の一員として育ててくれると言っているが、侯さんも人がいいと思う。

「お前が声をかけたからだと思うが」

「そうかなあ」

下着は自分で脱ぎ捨てて、高柳はソファに座ったティエンの上に自分から跨《また》がった。

「龍《りゅう》、鳳凰《ほうおう》、虎《とら》、獅子《しし》、亀《かめ》……猛獣《もうじゅう》使いは次に何を相手にするつもりだ？」

触れられずとも、すでに勃起《ぼっき》した欲望を自ら愛撫《あいぶ》しながら、ティエン自身にも手を伸ばす。

完全に勃起していない先端《せんたん》を己の後ろに押し当て、挿入しない状態で腰を揺らす。

「……お前、何を……っ」

中途半端《ちゅうとはんぱ》な刺激に、ティエンが珍《めずら》しく苦し気な声を上げる。慌てた様子が楽しくて、高柳はさらに腰で押しつぶすようにした。

柔《やわ》らかい双丘に、火傷《やけど》しそうに熱い肉が擦《こす》れる。伝わる脈動《みゃくどう》のいやらしさに、高柳自身も煽られる。

「……気持ちいい？」

ティエンの首に腕を回し、腰を上下させる高柳は、勝ち誇《ほこ》ったような表情で尋ねる。そんな態度に、ティエンがいつまでもやられているわけがない。

「……あ……っ」

無防備な肩口に歯を立て、竦みあがる高柳の背筋を掌《てのひら》で撫で上げ、きゅっと収縮した場所へ猛《たけ》った欲望を押し当ててくる。

既《すで》に完全に勃《た》ち上がった欲望だが、すぐに挿入はしない。

「ティエン……」

先だけ突き立て、そこがきゅっと窄《すぼ》まるタイミングで引き抜かれる。気が遠くなるような刺激に、高柳は翻弄《ほんろう》されてしまう。

「ティエン……意地悪、しないで……」

「先に煽ったのはお前だろう？　このまいつまで我慢できるか試してみろ」

「……や、だ……」

高柳が泣いて謝っても、ティエンは許さなかった。

エピローグ

新しく建てられた墓石の前で、冬至は両手を合わせる。

六年ぶりの、物言わぬ祖父との再会は実に静かなものだった。

九十歳を超えると聞いていたが、眠るその顔は想像していたよりも若く思えた。それこそ、あの日、高柳が城中村で出会った仙人の顔と同じだったことに、内心驚愕《きょうがく》していた。その後、速《すみ》やかに火葬《かそう》が行われ、深センを見下ろせる小高い墓地が用意されたのである。

志豪は己の死期が近いことを知っていて、すべて事前に準備していたのだ。

年齢を考えれば当然かもしれないが、己の最期の迎《むか》え方までは、想像していなかったかもしれない。

「生、事之以礼、死、葬之以礼、祭之以礼」

墓石に刻まれたのは、孔子《こうし》の言葉だ。

生前は礼に従って仕え、死んで葬《ほうむ》る時には礼によって葬り、祭るときにも礼によって祭る――という意味がある。

「色々ありがとうございました」

ともに手を合わせた高柳に向かって、冬至は深く頭を下げてくる。

「この先、どうするつもり？　侯さんのところに行くの？」

「……とりあえず、納得いくまでは、祖父の住んでいた家で過ごします」

元々、冬至は父と長期間過ごすつもりで深センに訪れていたのだ。

父親である御須の罪は重い。万が一、司法取引等で当局から解放されても、客家は彼を許さないだろう。

「高柳さんたちのおかげで会えた親戚が、色々教えてくれるというので、その言葉に甘えようと思います」

ハリーが、玄武とされる志豪を探す過程で、冬至の親戚にも辿り着いた。彼らは彼らで、次の玄武である冬至を探していたのだ。

「そっか。僕もしばらくは深センにいるつもりだから、手伝えることがあれば遠慮なく頼ってくれていいから」

「……は？」

「本当ですか？」

ティエンが怪訝な声を出すのと冬至が喜びの声を上げるのは、ほぼ同時だった。

「高柳さんがいらしてくれるなら安心です。本当に頼っていいですか？」

「ちょっと待て。深センにいるのは一週間だって言ってなかったか？」

ティエンは喜ぶ冬至の言葉を遮るように、高柳に詰め寄ってきた。

「あれ？　言ってなかったっけ？」

高柳はあっけらかんと言い放つ。

「冬至。僕も深センは初めてだけど中国在住歴は長いし、助けられることはあると思う。でもまずは冬至自身がどうしたいかが重要だと思う。僕が手助けするのは、それから」

あえてそう告げると、冬至は事情を理解して深く頷きながら応じる。

「わかりました！」

まっすぐで強い瞳を高柳に向けてくる。こんな表情を見せられたら手助けしないわけにはいかない。

「で、ティエン。ごめん。話したつもりでいた」

わざとらしく高柳は肩を竦めてみせる。

「ごめんで済むか。大体お前は俺との約束をまったく守ろうとしないうえに、勝手に突っ走って……」

「ダメだって言うなら、ティエン、先に一人でベトナム帰る？」

試すように言う。

もちろん、ティエンにとってベトナムは思い入れのある土地ではない。高柳と暮らす家があるから帰る場所なだけで、高柳がいなければまったく意味はないのだ。

何もかもわかったうえで高柳はティエンに問いかけている。要するに答えもわかっている。

「な……」

「ティエン、諦めたほうがいい。君に勝ち目はない」

少し離れた場所で様子を見ていたハリーが、笑いを嚙みしめながら会話に参加してきた。

「ハリー！　色々と本当にありがとう」

侯と連絡を取り、ここ深センの客家との交渉《こうしょう》などで、ハリーは裏で走り回っていた。

「礼なら侯さんに伝えてくれ。俺はあの人の指示で動いたにすぎない」

「それでも、ハリーが動いてくれなければ、今こうして志豪さんのお墓に手を合わせられなかったかもしれない。冬至もお礼を言って」

高柳が促すと、冬至は言われるままにハリーに向かって頭を下げた。

「色々とありがとうございました」

「こちらこそ……って、さすが猛獣《もうじゅう》使い」

ハリーは冬至に応じてから、高柳にちらりと視線を向けてきた。

「どういうこと？」

高柳はティエンに答えを求める。

「俺に聞くな」

「えー、じゃあ、ハリー。教えて」

「教えるも何も言葉のまんまなんだけどな」

「それがわからないから教えてって言ってるんだけど」

強気な言動は、まったく教えを乞《こ》う態度ではない。

「龍。獅子、虎、鳳凰に続けて亀が集ってるんだから、すごいよ」

「……本当に、お前は、俺たちの操縦《そうじゅう》方法ばかり上手《うま》くなりやがって」

ティエンが軽く高柳の頭を拳《こぶし》で小突《こづ》く。

「痛……だから、暴力反対。それから、操縦方法なんて言い方、やめてくれない？　僕はただ、気持ちが理解できているだけ。あとは、ティエンには甘えてるんだよ。僕の気持ちを理解してくれるって」

にっこり笑って軽くつま先を立てて背伸びをすると、頬に口づけする。ティエンは眉間に皺を寄せ、キスされた頬に手を添えた。

「帰ったら覚えてろよ」

この程度で足りるわけがない。

「楽しみにしてる」

満足気に応じる高柳たちを眺めていた冬至は、目の前の光景に驚いた様子は見せない。

「……高柳さんのパートナーって」

少し離れた場所でやり取りを見ていた冬至が、そっと会話に参加してくる。

「あ、ごめん。今更だけど、こっちは僕のパートナーのティエン。初めてじゃないよね」

高柳は自分の左手の薬指と、ティエンの左手を掲げて指輪を見せる。

「僕らは一蓮托生《いちれんたくしょう》の関係なんで。何かあればティエンにも頼ってくれていいよ。それから、そちらがハリー……は、もう知ってるよね」

「雑な紹介だな」

ティエンとハリーは互いに顔を見合わせて苦笑する。

「まあ、それもまた高柳ってことだろ」

「……あの」

ティエンとハリーに向かって冬至は躊躇いがちに口を開く。

「お二人は強いですか」

覚悟を決めた冬至の表情に、ティエンはにやりと笑う。

「だったら？」

「教えてください。俺、強くなりたいです。誰かに助けてもらうのではなく、助けられる立場になりたいです……」

元々、玄武は玄冥《げんめい》であったという。中国神話の神だ。

「高柳も言ったとおり、まずはお前自身がどうしたいか強く思うことが必要だ。その覚悟があるのであれば手助けするのは、やぶさかではない」

「……本当ですか?」

「ただ、あらかじめ言っておく。俺たちの……いや、万が一にも高柳の敵《てき》に回るようなことがあれば、容赦はしない」

「そんなことはあり得ません」

冬至はティエンの言葉を強い口調で否定する。

「俺は……高柳さんに会って変わりました。変わらなくちゃいけないと思っています。そんな高柳さんに感謝こそすれ、対峙《たいじ》するようなことはこの先もありません」

「新しいライバル出現かもしれないな、ティエン」

冬至の発言に、ハリーは笑ってティエンの脇《わき》を小突く。

「フェイロンに次いでこいつもか……厄介《やっかい》だな」

「勘弁《かんべん》してくれ」

ティエンはうんざりした様子を見せる。

「え、フェイロンが何？」

一人、事情がわかっていない高柳は、目に入れても痛くないほど可愛がっているフェイロンの名前が出たことで、嬉しそうに目を輝かせている。

「天使も悪魔も、仲間にできるお前はすごいな」

「……フェイロンが天使って話？　うん、そうだね」

高柳は満足したようにフェイロンのところに話しにいく。

その後ろ姿を眺めて、ハリーが胸の前で腕を組む。

「深センを手中に収めたのは、でかいな」

ハリーの確認にティエンは小さく頷く。

「さて、次はどこかな」

「ティエン。フェイロンが、お腹すいたってー」

「とりあえずは、飯を食うのが先か」

世界平和よりも前に、高柳の底なしの食欲を満たすことが先決だった。

あとがき

『龍虎《りゅうこ》と冥府《めいふ》の王《おう》』をお届けいたします。

このお話を書いていると、必ずお腹が空きます。そして無性に海外に行きたくなります。

今回は途中で飲茶が食べたくなりましたが、さすがにそんな余裕もあるわけがなく、冷凍餃子を焼いて我慢しました。

新キャラ冬至《とうじ》、成長するといい男になることでしょう。将来有望！

奈良千春《ならちはる》様。本当にいつも素晴らしいイラストを楽しみにしています。お忙しい中、ありがとうございました。

担当様にも、大変お世話になっています。ご迷惑ばかりおかけしてしまい申し訳ありません。色々とありがとうございました。

最後になりましたが、この本をお読みくださいました皆様へ。少しでもお楽しみいただけましたらよいのですが。

おかげさまでデビューして三十年が過ぎました。亀の歩みとなっておりますが、これからもお付き合いいただけますと嬉しいです。

令和六年　花粉症が辛い　ふゆの仁子《じんこ》

Lovers Label

龍虎と冥府の王

ラヴァーズ文庫をお買い上げいただき
ありがとうございます。
この作品を読んでのご意見・ご感想を
お聞かせください。
あて先は下記の通りです。

〒102−0075
東京都千代田区三番町8-1
三番町東急ビル6F
(株)竹書房 ラヴァーズ文庫編集部
ふゆの仁子先生係
奈良千春先生係

2024年5月7日
初版第1刷発行

●著　者
ふゆの仁子 ©JINKO FUYUNO
●イラスト
奈良千春 ©CHIHARU NARA

●発行　株式会社　竹書房
〒102−0075
東京都千代田区三番町8-1 三番町東急ビル6F
代表 email： info@takeshobo.co.jp
編集部 email： lovers-b@takeshobo.co.jp
●ホームページ
https://bl.takeshobo.co.jp/

●印刷所　中央精版印刷株式会社

ラヴァーズ文庫
Lovers Label
龍虎《りゅうこ》の甘牙《かんが》
お前だけだ
この俺を振り回して
翻弄し続けるのは
著 ふゆの仁子《じんこ》
画 奈良《なら》千春《ちはる》
元エリートサラリーマンの高柳智明《たかやなぎともあき》は、
恋人のティエンとともに訪れたマレーシアで、
ツアーガイドのリヒトと出会う。
それがきっかけで、リヒトと間違われた高柳は、
「マレーシアの虎」の組織に拉致されてしまった。
恋人を救うため、『香港の龍』と謳われるティエンと、
マレーシアの巨大組織が衝突することになるが――。
灼熱の地で、愛する人を守るために、男たちは争い、すれ違う。
好評発売中!!

ラヴァーズ文庫
Lovers Label
龍《りゅう》の恋炎《れんえん》
好きだ。
それしか言えない
だから俺と——。
著 ふゆの仁子《じんこ》
画 奈良千春《ならちはる》
「制限時間は一時間。君は誰のものになるのかな」
恋人のティエンと、蜜月休暇を過ごしている高柳《たかやなぎ》は、ベトナムを訪れる。
しかしそこで、『香港の龍』である
ティエンを狙った組織に捕らわれ、
危険な選択を強要されてしまうが…。
「運命が邪魔をしても、お前を離さないと決めた」
このつかの間の蜜月で、ふたりの気持ちが甘く揺れ動く。
好評発売中!!